Illustrated by Shikidoji

聖女の姉ですが、妹のための特殊魔石や特殊薬草の採取をやめたら、隣国の魔術師様の元で幸せになりました！

Presented by かのん
Illustrated by 四季童子

CONTENTS

第一章　旅立ち

太陽がまだ昇る前の時間、薄暗い中ベッドから体を起こすと、春先の肌寒さを感じながら、私はベッドの上でストレッチを始めた。

かび臭い狭いこの部屋では十分に準備運動もできないので、簡単なストレッチだけをまずは済ませる。

二十二歳の女の服とは思えないほどに、小さなクローゼットに入っているのは、動きやすさと機能性を重視した服ばかりだ。その中から、シャツとズボンを取り出すとそれに着替え、外へ体を動かしに出かける。

外は朝霧が白を基調とした神殿のその建物を包み込むように広がっており、厳かな雰囲気を醸し出していた。

そんな神殿の庭を毎日運動場のように使ってしまっていることを申し訳なく思うものの、私は軽く走ると、その後、裏庭に設置されている井戸で水を浴びる。

ここは聖女が身を清める為に水浴びできるようになっており、私は汗を流すとタオル置き場で体

を拭き、部屋へ一度戻ろうと渡り廊下を歩いていくと、庭先にいる二人の人物を見て、足を止めた。

　春風がまるで絵画のような二人の間を吹き抜けていく。

「まぁ、聖女アイリーン様よ」

「ご婚約者のヨーゼフ様と一緒だわ」

「お美しいわねぇ。絶世の美女と憧れの王子様だなんて、はぁぁ。羨ましい」

「本当にお似合いのお二人だわ。アイリーン様はとても優秀な聖女様だと評判だし、ヨーゼフ様は第二王子殿下としてとても優秀なお方だと聞くわ」

　侍女さん達の声に、私は二人のことをぼうっと見つめた。

　ふわりとした金色の波打つ髪と、宝石のように輝く空色の瞳。物語のお姫様のような美少女と、これまた物語の主人公のような金髪碧眼の王子様。

　あまりにも美しいその二人の佇《たたず》まいに、私は自身の格好に恥ずかしさを覚える。

　茶色の髪の毛に、深緑の目立たない瞳の色。格好もシャツにズボン、髪の毛は先ほどの水浴びでぼさぼさで、化粧一つしていない。

　自分とは全く違った、聖女アイリーンが自分の妹で、その妹の婚約者がヨーゼフ様である。

　第二王子ではあるものの、その優秀さから巷《ちまた》ではヨーゼフ様が王位を継ぐのではないかと囁かれている。

　気づかれないように立ち去ろうと思った時、ヨーゼフ様がこちらへと視線を向けた。

「あぁ。シェリー嬢！」

こちらに向かって手を振られ、私は顔をひきつらせそうになるのをぐっと堪《こら》えた。

侍女さん達が、私の方を見て眉間にしわを寄せてこそこそと話をしているのが分かった。

「だぁれ？」

「ほら、採取者の方よ。えっと……お名前は知らないけれど」

声は潜められているが、その後何を言われるかなど想像に難くない。

「今日は鍛錬かな？　シェリー嬢はいつも健康的だね」

「……はい」

その後、ヨーゼフ様は私の気持ちなど関係なく話し始め、私は何とも言えずに曖昧に返事をする。

ヨーゼフ様の後ろからアイリーンが私のことを嫌そうに見つめているのが分かり、居心地の悪さを感じた。

その後、ヨーゼフ様は公務の為にその場を先に離れ、私とアイリーンは神殿へと戻る。

神殿の中は静けさに包まれており、そんな渡り廊下を進んでいきながら、私はふと気になったことを口にした。

「ねえアイリーン。ヨーゼフ様とご一緒だったけれど、今日は朝一で昨日渡した特殊魔石を使って難病の子の為の薬を作ると言ってなかった？　もう作った後で、私の思い違いなら、いいのだけれど……」

アイリーンは聖女の仕事をヨーゼフ様との時間を優先して後回しにすることがある。それが気がかりでそう声をかけたのだけれど、アイリーンが私のことを睨《にら》みつけ、大きくため息をつくと言った。

「お姉様。私は十八になったわ。第二王子殿下であるヨーゼフ様との婚約も決まったし、あのね、私のことはほっておいてよ。私は聖女で、お姉様はただの平民。立場をわきまえてほしいし、はっきり言って、お姉様は私のおまけよ？　おまけはおまけらしくどっかに消えてほしいの。昔から思っていたけれど、本当にお姉様って口うるさいし邪魔ばかりするし大っ嫌い」

妹のアイリーンから放たれた突然の言葉に、私は衝撃を受けた。

突然どうしたのだろうかと困惑してしまう。

「……アイリーン、なんでそんなことを……突然……」

昔から口が悪い妹ではあったけれど、こんな風に突き放され、私は動揺していた。

「前からずっと思っていたのよ。けど、今日はっきり分かったわ。お姉様。本当に邪魔。ヨーゼフ様に色目使っているんじゃないわよ」

「え？　色目なんて使ってないわ」

先ほどの様子がそのように見えていたのかと思い、アイリーンが怒っているのは私への嫉妬心からなのだと気づいた。

「嘘。はぁぁぁ。あのねぇ、ヨーゼフ様がお姉様に優しくするのは私の姉だから。それだけ。勘違いしないで。はぁぁぁ。もう本当に嫌。ねぇ、お願いだから、もう私の目の前から消えてくれない？」

そんな言葉を放つくらいに嫌だったのだろうか。

突き放すようなその言葉に、私は唇をぐっと噛む。

「それ、その顔も嫌い。何それ。お姉様、立場をわきまえろって言ってんの。これまでお姉様が採取者になってまで私の傍《そば》にいたいって言ってたから仕方ないと思っていたけれど、私には採取者なんて他にもたくさんいるし、お姉様は不必要」

その言葉に私は慌てて首を横に振った。

「でも、アイリーン専属の採取者は私だけよ？」

「だから、私にはいくらでも新しい採取者はつくの。お姉様じゃなくていい。はい、さようなら。もういい加減、お姉様が傍にいるのが邪魔なのよ」

「アイリーン……本気なの？」

これまで私は何があってもアイリーンを守ろうと思ってここまでついてきた。それなのに、こんな風に突然何故？　と思ってしまう。

「当たり前。ずっと思ってたのよねー。成人するまではお姉様が傍にいた方が都合が良かったけど、もう成人してメリットもないし。うん。ふふふ」

「メリット……？」

その言葉に、私は今までアイリーンはそんなことを考えていたのかと、背筋がすっと冷えていく。

「うん。書類の記載とか未成年だと手続き面倒なこともあったから、お姉様が全部やってくれてメリットがあったけれど、でも成人したなら、別の人に代行してもらえるしー」

今までそんなことを考えていたのか。

ぐるぐるとそんなことを考え、私は吐き気を覚えた。

「いつお姉様に出て行ってもらおうかと思っていたけれど、今日丁度良かったわ。じゃ、荷物まとめて出て行ってね。神殿には私が言っておいてあげる。じゃあね。ばいばい」

アイリーンは私に満面の笑みで告げてから、去っていってしまった。

あまりにもあっけないさよならの言い方である。

両親から死ぬ間際に妹のことを頼んだと言われて、アイリーンを絶対に幸せにしてみせると必死にお金を稼いで生きてきた。けれど、アイリーンが十歳になる頃に、神殿から聖女であると告げられ、アイリーンだけ連れ去られそうになった。

私は泣き叫んで連れて行かないでくれと頼んだけれど、アイリーンはそんな私に言った。

「お姉様、私が一人で幸せになるのが嫌なのでしょう？　ふふふ。ならおまけとしてついてきたらいいわ」

神殿の人には世話係だと言って、アイリーンは私を神殿へと招いた。その言い方は気になったし、嫌な気持ちもしたけれど、両親から頼まれた可愛い妹と離れたくなかった。

だからこれまでどれほど虐げられようとも傍にいたけれど、先日十八歳になり成人したアイリーンには私はもう不必要らしい。

「はぁ……毎日アイリーンの為に、特殊薬草や特殊魔石を集めていたっていうのに……バカみたい。もうアイリーンには私は必要ないんだわ」

これまで私はアイリーン専属の採取者として働いてきた。

神殿についてきた私は下働きをしたのちに聖女には必要不可欠な採取者となるべく師匠に弟子入りを果たし、そしてどうにかアイリーン付きの採取者になったのだ。

聖女の力を発動させる為には、それに見合った薬草や魔石が必要である。だからこそ聖女に採取者は必要不可欠で、私はアイリーンの役に立っていると思っていた。

けれど、勘違いだったらしい。

「はぁ……国を出ようかしら……隣国ローグ王国では魔術が盛んで魔石や薬草が売買されるというから、そちらへ行ってみようかしら……なにか職につけるといいのだけれど」

実のところアイリーンの婚約者であるヨーゼフ様からは、アイリーンと結婚した暁には妾になれと迫られていて、困っていたところであった。

妾になるのも嫌だし、アイリーンにも不必要ならば、もうこの神殿にも国にも未練はない。

先ほどはアイリーンの虫の居所が悪かったのかもしれない。明日になればもしかしたら私に謝って残ってほしいと言うかもしれない。ふと、そう一瞬思ったけれど、ないだろうなと頭を振った。

アイリーンが私に謝ったことはこれまで一度もない。

両親が生きていた頃はアイリーンが悪いことをしても、いつも両親はアイリーンの味方で、結果として姉の私が我慢できないことの方が悪いのだと言われて育ってきた。

それ以後も、どうにかアイリーンを一人前にと思って彼女が悪いことをした時に怒っても、突っぱねるばかりでアイリーンが謝ることはなかった。

神殿に入れば変わるかと思っていたけれど、建前上の謝罪は他者にはしていたようだけれど、私に心から謝る、ということはしたことがなかった。

このままでいいのだろうかとも思うけれど、思いつくことは全てやった上でアイリーンは変わらなかった。

私に対しては、基本的に姉なのだからやって当たり前だと思っているのだろう。そうではないと伝えたけれど結局アイリーンは変わらなかった。

変わらないから、結局私が変わるしかなかった。

採取者に関しては、アイリーンの言うとおりだ。

アイリーンであれば、いくらでも採取者のなり手はいる。それに何より、あそこまで言われて、アイリーンの元に残る気にはなれなかった。

丁度良い、離れる時期だったのかもしれない。

私は呼吸を整えて、覚悟を決めると、一度荷物をまとめるかと思いたち、自身の部屋へと戻った。

王国を出る為に必要な手続きはあっただろうかと思いながら歩いていたのだけれど、後ろから声をかけられた。

「シェリー嬢。さっきはゆっくり話せなかったから、ちょっと時間良いかな？」

おそらく、待っていたのだろう。そう思いながらも悪寒が走る。

「ご公務ではなかったのですか？　ヨーゼフ様」

先ほど別れたばかりだというのに、何故という思いがあるけれど、それ以上にいつもはすぐ傍に控えている彼の騎士達が少し離れた位置にいることが気になった。

話を聞かれたくない時などヨーゼフ様はそうした行動をよくしていた。

これまでも私を妾にしようと考えているなどの話をしてきた時には、今のように彼らを離れた距離に立たせていた。

「いやぁ、アイリーンとの結婚、そろそろ本格的に進めていく頃でしょう？　だから、きみとの関係も深めたくってね」

私の頬に許可なくヨーゼフ様の手が触れ、そしてこちらを見てにやにやとした笑みを浮かべると声を潜めて呟かれる。

「そろそろ、僕のところへおいでよ。君みたいな行き遅れの女、娶《めと》ってくれる男はいないだろう？　僕が可愛がってあげよう」

さも当たり前のように、そう言われ、私は全身に鳥肌が立つ。

指先が私の頬を撫でるように動き、そしてその手が私の体を引き寄せようとした時、侍女さん達が話をする声が少し遠くで聞こえた。

表向きの顔は良いヨーゼフ様は私から一歩離れると笑顔で言った。

「夜、待っているよ」

そう言ってひらひらと手を振って歩き去っていくヨーゼフ様の背中を見送った私は、足早に自分の部屋へと戻ると、急いで荷造りを始めた。

「冗談じゃないわ。い、急がないと」

ぞわぞわとした先ほどの鳥肌が未だに収まらず、私はアイリーンに別れの手紙をしたため、国を出る支度をする。

こうなった以上、早々に国を出よう。

最後に掃除を済ませて、チリ一つないように部屋を片付けた。

荷物などほとんどない私の部屋は、すぐに片付いてしまい、生活感のなかった部屋がさらにがらんとして見えた。

「今までありがとう。ふふふ。このかび臭い狭い部屋も見納めね」

私は、静かにこれまでのことを思い出した。

〝天候は最善な日を選ぶこと。あと、採取者は二人一組で動くのが鉄則。一人が好きな奴はすぐ死ぬぞ〟と、他の採取者に言われたことがあった。

けれどアイリーンに〝困っている人、死にそうな人がいるのに雨や嵐ごときで採取に行かないのは怠惰だ〟と言われてから、天候の悪い日にも採取に行くようになった。

けれどそれは危険な行為で非常識だということから他の採取者から私は無視されるようになっていた。

だから特別別れの挨拶をしたい相手もいない。

お世話になった採取者としての道を示してくれた師匠は腰が痛いとのことで療養中である。そのうち手紙で知らせれば問題ないだろう。

先ほど採取者としての手続きや何か国を出る為に必要なことはないかなど、神殿に問い合わせてみたものの、神殿勤務の受付の人に私は嫌われているのか、特にないだろうと冷たくあしらわれた。

こんなにもあっさりと、すぐに出られるのだと、何となく寂しく思う。

「さぁ、行きますか」

長いようで短かったここでの生活も終わりだ。

十四歳から二十二歳まで八年間。

下働きと採取ばかりの毎日だったけれど、思い返してみれば死ななかっただけ御の字だ。

昨日まではこれからもアイリーン専属の採取者としての人生が続いていくと思っていたのに、急激な環境の変化に、小さく息をつく。

不安がないわけではないけれど、先ほどのアイリーンとヨーゼフ様の言葉を受けて、ここに残るという選択肢はなかった。

両親には、成人まではちゃんと妹の面倒を見れたと思うと、胸を張って報告ができそうだ。

私は王国を抜け、小高い丘に登ると先ほどまでいた神殿と王城を見下ろした。

「ここから見ると、小さく見えるなぁ～……アイリーン、元気でね」

私はアイリーンから離れるべきだったのだろう。

あんなにも嫌われていたなんて。

今まではアイリーンのことを守ることが私の使命だからと思っていたから、そんな風に思われているなんて思いもしなかった。

「はぁ。これからどうなるのかしら。でも、頑張るしかないわよね」

それにしてもと、私はレーベ王国のことを考えてため息をつく。

あまりにもあっけなくあっさりと国を出られたことが、少なからず衝撃的であった。

自由に出られることはいいことかもしれないが、他国にレーベ王国の人間が流れていかないのだろうかと思わざるを得ない。

ただ、それは私が考えることではないだろう。

頭の中を切り替えると、自分に採取者としての知識を授けてくれた師匠から引き継いだ魔術具のポシェットを肩にかけ、その中から手袋やゴーグル、マントなどを取り出して、さらに山に登る準備を済ませて、歩き出した。

目指すのは、ローグ王国である。これからどうなるのかは分からなかったけれど、少しばかりの蓄えはあるので、どうにか食いつないではいけるだろう。

ここからは、山の天気が変わりやすくなる。

しかも山が高くなればなるほどに獣も魔物もいるのだ。

獣であればどうにか対処できるけれど、魔物となると戦うよりも迂回する方が安全である。

「さて、行きますか」

採取者とは過酷な仕事である。

命を落とす危険性のある場所へと入り、様々なものをできるだけ最高の状況で採取しなければならない。

けれど、それを嫌だと思ったことはない。

昔から植物や虫などは好きで、よく観察をしていたことからこの採取者という仕事も自分に向いているなと感じていた。

師匠に弟子入りした年は毎日泣いていたけれど、それでも採取者という仕事が嫌いだったわけではない。むしろすごく楽しかった。

だからこそアイリーンの採取者として頑張れてきたのである。

私はゴーグルを付け直すと山道をしっかりとした足取りで走り出した。

採取者は体力仕事である。しかも、アイリーンからのお願いはいつも急ぎのものが多く、他の採取者が歩いていくのに比べて私は走っていくしかなかった。

間に合わなければ、他の人が大変な目にあってしまうかもしれないと、私はできる限り急ぐ術《すべ》を身に着けた。

山道は次第に岩肌へと姿を変え、足場も悪くなってくる。

その時であった。空には灰色の雲が広がり、私は目を細めると、ポシェットからカッパを取り出しそれを羽織った。

間もなく雨が降り始める。

それからものの十分もかからずに土砂降りになり始め、私は山の洞窟へと移動すると、休憩する為に火を起こそうと思った。

しかし、そこに先客がいるとは思っていなかった。

洞窟の中には黒髪の美丈夫が、焚火の前で薬を煎じているところであった。

火花がパチパチと音を鳴らし、そんな炎の灯に映し出された美丈夫は一瞬精霊か何かかと見間違えるほどの美しさがあった。

黒いローブには金色の刺繍がされており、珍しい柄だなと思いながら私はゴーグルを取った。その時、先に美丈夫が口を開いた。

「……君は一人か？　まさか、こんな天候の中で？」

洞窟の外は雨がさらにひどくなり始め、その音はまるで嵐のようであった。ただ、洞窟の中は少しだけその音が遠くなる。

美丈夫の瞳は焚火の赤さではなく、元々赤い美しい瞳なのだとその時になって分かった。

至極真っ当な問いかけであり、他の採取者からの忠告を思い出す。

私は苦笑を浮かべながらカッパを脱ぎ、そして美丈夫へと挨拶をしてから答えた。

「こんにちは。はい。私は採取者でして、こうした山にも慣れています。いつもはこのくらいの雨であれば採取を続けるのですが、今日は急ぎではないので……その、よければご一緒してもいいですか？」

私が女だと気づいたのか、美丈夫はさらに眉間にしわを寄せた。

「女性？　ちょっと待ってくれ。君は女性でありながら単独で採取の為に山に入り、ましてや通常であれば採取を続けていると？　……正気か？　いや、すまない。君の生き方を否定しているのではなく、うむ……私は口が悪いとよく言われるのだ。気を悪くしないでほしい」

正直な人だなと私は思いながら、ポシェットからタオルを取り出す。それで軽くふきながら、美丈夫が煎じている薬草を見て言った。

「気を悪くはしません。ご忠告ありがとうございます。そうですね……今後は気を付けようと思います、あと、その、今何を作っているのですか？　足りない薬草などあれば、私がお渡ししましょうか？　その代わり、火を貸していただけるとありがたいのですが」

できれば濡れたものを乾かしたいし、火にあたって暖を取りたい。

自分で火を焚いてもいいけれど、それはそれで一苦労だし、借りられるものならば借りたいのが正直なところだ。

美丈夫はすぐに慌てた様子でうなずいた。

「もちろん。さぁ、暖を取りなさい。ホットミルクでよければ飲むか？」

優しいなと思いながらうなずくと、私は美丈夫と炎を挟んで向かい合って座り、そしてホットミルクを受け取った。

冷えた体にホットミルクほど最適な飲み物はないと私は思う。しかも、それを口に含めば、なんと甘いはちみつ入りである。

「ふはぁぁぁ。癒されます。ありがとうございます。それで、薬草は足りていますか？」

見た目に似合わず甘党なのだな、なんてことを考えながらそう尋ねる。

「うむ？　あぁ。少し燐灰石草《りんかいせきそう》が足りないが、これは特殊薬草で」

「あぁ。ちょっと待ってください……はい。どうぞ」

「え？」

美丈夫は私がポシェットから取り出したそれを驚いた様子で受け取るとまじまじと観察した。

「傷みもない。根っこまであるし、それになにより、生き生きとしているな。これはなんといい保存状態か……」

「そう言ってもらえると嬉しいです。他には何かありますか？　あればお渡ししますよ」

「気前がいいな。これで十分だが……ただ好奇心から聞きたいのだが、まさかとは思うが、驚きの谷でしか採れない毒消しの菫青魔石《きんせい》は」

「あぁ。ちょっと待ってくださいね……えっと、これですね。どうぞ使ってください」

美丈夫は眉間に深くしわを寄せると固まり、それから少し考えると静かに自己紹介を始めた。

「私の名前はアスランという。ここより南に位置するローグ王国で魔術師をしているものだ。失礼だが、名前を伺っても？」

私はそう言えば自己紹介をしていなかったなと思いつつ、隣国ローグ王国の魔術師に会えるなんてと嬉しく思い背筋を伸ばす。

できればローグ王国のことや魔術師が求める薬草や魔石のことなども聞けたら、今後の仕事につながるかもしれない。

「私はシェリーといいます。採取者のシェリーです。レーベ王国聖女アイリーンの専属採取者をしていたのですが、この度レーベ王国を出てローグ王国へ移住しようと考えていまして」

「天才採取者のシェリー……まさか、ここで出会えるとは何たる幸運」

「え？」

今何と言っただろうか？

私は小首を傾げると、アスラン様は嬉しそうに微笑みを浮かべ、そして言った。

「移住ということは仕事を探しているのか？　よければ、私が斡旋しよう」

「へ？　えぇ？　仕事、あるのですか？　あの、できれば採取者の仕事を探しているのですが」

「もちろん採取者として雇わせてもらいたい。私の専属になってくれたら、今までもらっていたであろう給金の三倍は出すことを保証する」

「三倍！　エェェ!?　突然どうしてですか？　ま、まさか詐欺？」

私が疑うような瞳を向けると、アスラン様は胸のポケットから身分証を取り出して私に見せると話を続けた。

「これを。これが証明書だ。私はローグ王国の魔術塔の長をしている。ここで君に出会えるとは何たる幸運か」

嬉しそうにアスラン様は微笑みながら説明を続けた。

「ローグ王国では採取者は貴重でね、良い採取者に出会えずに困っていたんだ。どうだろうか。真剣に考えてもらえないか？」

美しい赤い瞳で見つめられ、私はうっと言葉を詰まらせた。

さらさらの黒髪も、紅玉のように輝く瞳も自分の好みであり、そんな好みの人から勧誘されれば、うなずかざるを得ない。

なんともちょろいな自分と思いながらも、仕事を探していたし、目の保養となる上司がいるなんて最高ではないかと思ってしまう。

「えっと、はい。あ、ででも、とりあえず正式にではなく、お試しでもいいですか？　正式な契約書を交わしてから本決まりということで……どうですか？」

「それでかまわない。ふふ。何たる僥倖か」

出会った当初はしかめっ面で、怖い人なのかと思ったけれど、終始嬉しそうに微笑むようになり、私は、人見知りする人なのかもなと思った。

それにしても隣国に渡る前に職が決まるとは、こちらこそ僥倖である。

「わぁ！　嬉しいです。よかった……行く当てがなかったので、ほっとしました」

「ふふ。それはよかった。私も引き抜きたいと思っていた天才が、こんなところに自らやってきてくれるだなんて思ってもみなかった」

「え？」

「いや、なんでもない。さぁ、お腹はすいていないかい？」

「え？　ですが薬作りが」

「いや、これは非常時の為にと思ったのだ。だが、山を越えるのではなく、元来た道を帰れそうなのでな、一緒に食べよう」

「そうなのですか？　ありがとうございます」

笑顔でアスラン様は元々作り横によけていたシチューの鍋を火にくべると、温め始めた。

すぐに美味しそうな香りが広がり、私の胃は空腹を訴え始めるのであった。

温かなシチューはミルクがたっぷり入っているようで、野菜も大きめに切ったものがゴロゴロ入っていた。

「これはアスラン様が作ったのですか？」

料理ができる男性に出会ったのは初めてでそう尋ねると、アスラン様はシチューをかき混ぜながらうなずいた。

「あぁ。料理を作っているとストレス解消になるのだ。だからこうして旅している時などはよく作る」

「へぇ。恥ずかしながら私は食堂を毎回使っていたので最近は全く作らないのです」

「あぁ。君ほどの聖女付きの採取者ならば神殿の食堂を使えるだろうからな。さぁ、熱いから気を付けて」

「ありがとうございます」

皿に注がれたシチューは湯気を立てており、良い香りがした。

「神殿の食堂は、聖職者か正式な使用証があるかしないと使えないのですよ。なので使用人用の食堂を使ってました。ふふふ。誰かとこうやって話をしながら食事をするのは久しぶりで、嬉しいです」

私はシチューの香りを胸いっぱいに吸ってから、ふぅふぅと息をかけゆっくりと口の中へとシチューを運んだ。

大きく切られたジャガイモとニンジンがほくほくとして美味しい。

「ちょっと待ってくれ、使用証？　君ほどの採取者がもらえなかったのか？　というか、誰かと食事をとるのが久しぶりとは、どうして？」

ちゃんと話を聞いてくれるなんて優しい人だなぁと思いながら、口の中の野菜たちを飲み込んで私は答えた。

「私は大した採取者ではありませんし……アイリーンにもよくお姉様はこんなものも採取できないの？　仕方ないわねって、呆れられていたくらいで。あ、アイリーンは私の実の妹で聖女として神殿に勤めているのです。あと、神殿で仲の良い人もいませんでしたし、それにアイリーンは優秀な聖女なのでたくさん採取物があって、ゆっくりご飯を食べる時間もなかったのです」

人と話すのが楽しくて、つい一気に話してしまった、気を悪くしないだろうかと思ったけれど、アスラン様は私の言葉に疑問を持ったのかまた尋ねてきた。

「本当に？　レーベ王国がそんなに採取者を優遇していないとは驚きだ。聖女アイリーン……確かにローグ王国にもその能力の高さが轟くほどの聖女だが、一人の聖女にまさか一人しか採取者がついていないのか？」

「え？　えーっと、おそらくアイリーンの採取者は私だけだったと思います」

アスラン様は驚いた表情をした後に、押し黙り、それから何かを考えるように眉間にしわを寄せながら、手に持っていた皿からシチューを口に運ぶ。

結構大きな口で食べる姿は意外で、私は美丈夫がリスのようにもぐもぐとする姿に、ぐっと笑いを堪えた。

　アスラン様はシチューを食べ終えるとまた口を開いた。

「実のところ、ローグ王国では採取者が足りていないのだ。いや、いるにはいるんだがどうにも未熟で。魔術師が多い分、採取してきてほしい素材も多い故に、優秀な採取者がどうしても必要でな、そこでシェリー嬢の噂を聞き、ぜひ一度話をと思い、会いに行く途中だったのだ」

「私ですか？」

　自分はアイリーンの専属の採取者であり、話をされるようなことは何もしていない。

　一体何故だろうかと思っていると、アスラン様は面白そうに口角をあげた。

「まぁ、君は今後自分の立ち位置を知っていったらいい。大丈夫だ。レーベ王国ではどうやらおかしなことになっていたようだが、私の専属になってくれるならば大事にする」

「へ？」

　男性に大事にするなんてことを言われたことがなく、まるで愛の告白のようで、免疫のない私は顔に熱が溜まっていくのを感じた。

　思い返してみれば、これまで生まれて二十二年間、アイリーンのことばかりを考えて生きてきて、恋愛のレの字も経験したことがない。

　アスラン様のような美丈夫であれば、きっと王都ではさぞかし華やかな生活をしてきているのだろうな、自分など恋愛対象外になるに決まっているではないかと気を引き締めなければと思った。

「頑張りますので、よろしくお願いします」

この人は上司だ。そう何度か自分に言い聞かせながら、私は目の前のシチューをアスラン様のように大きな口で食べた。

「ゆっくり食べなさい。皆に君を紹介するのが楽しみだ。ローグ王国の魔術塔で私は魔術師長をしているのだ。部下は少し変わっているが、優秀な者達だ。ちなみに、いろんな国から私が引き抜いてきた」

「……引き抜き。よくされるのですか？」

思わず私が尋ねると、アスラン様はにやりと少し悪い顔をして言った。

「どんな国でも、優秀な者を不相応に扱う人間はいるのだ。努力する者に、相応しい場所を提案するのは良いことだろう？」

国同士で問題にならないのだろうかと思っていると、それに気づいたのかアスラン様は肩をすくめて言った。

「しっかりと話はつけてから引き抜くので問題はない。まぁ今回の君のように自分で国を出て我が国に来てくれるというのであれば、万々歳だ」

「ふふふ。あー。なんだか、国を出る時はちょっと落ち込んでいたので、こうやってアスラン様と出会えて、気持ちが軽くなりました」

アイリーンに自分は不必要だと突き付けられた後だったから余計に救われた気持ちがした。

アスラン様はそんな私を見て、カバンから一つの木箱を取り出すと言った。

「沈んだ気持ちを癒すのは、休息と音楽だ」

開けるように視線で促され、私は木箱を開けた。

それは可愛らしいオルゴールで、美しい旋律が洞窟の中に広がっていく。

「素敵な曲ですね」

「さぁ、お楽しみはこれからだ」

「え?」

まばゆい宝石のような光が木箱から溢れたかと思うと、音楽と共に影が踊り始め、まるで夢のような光景が広がった。

「わぁぁ」

「笑顔が見れて良かった」

優しく微笑むアスラン様に、私の心臓がぎゅんと持っていかれそうになる。

美丈夫恐るべし。私は自分の心臓をどうにかしずめようと、ぐっと抑えるほかなかった。

その後も、アスラン様とは他愛ない話を繰り返し、その後、私は火の番をしておくことを提案すると、アスラン様に断られた。

「レーベ王国は聖女の力が発展している国だから、見たことがないかもしれないが、魔術が盛んなローグ王国では、この魔術具は火の番と結界の役目を果たす。ちなみにこれを応用すると、君が寝ている場所に、私は入れないようになる」

「ほぉぉ！　すごいですね」

「あぁ。魔術塔には女性の職員もいて、一緒に研究をする時に、あらぬ疑いをかけられないように作り上げたのだ」

「予想外の理由です」

「あぁ。だがこれのおかげで、旅を一緒にする者同士の窃盗事件なども防げるようになってな。かなり好評な魔術具なのだ」

少し自慢げに言うアスラン様がちょっと可愛く見えた。

「いいですね。私もこれ欲しいです……あ、別に一緒に旅する人はいないんですが」

「魔物よけ機能も付いているから便利が良い。魔術塔に帰り次第、シェリー嬢にも渡そう」

「いいんですか？」

「あぁ。だが、強力な魔物には効かないので、魔物が近くに現れた時には警報が鳴るのだ。便利だろう？」

「便利ですね。本当に！　嬉しいです。これで採取の時にも安心して眠れます」

採取の時には基本的に眠らないか、仮眠程度である。だからこそ、これは嬉しい。

そして私としてはとても気になることがあった。

「……これ、もしかして尖晶特殊魔石が使われていますか？」

「ほう。さすがだ。分かるか」

「ええ。しかもかなり純度が高いですね。わぁぁ。見事です」

「さすがはシェリー嬢だ。ただこれは特殊魔石ではなく、一般的な尖晶魔石なのだ。魔術によってその能力を最大限まで引き上げたものになる」

「えぇ!? 魔術……すごいです。あの、あまり魔術には詳しくないので教えてもらえると嬉しいです」

「もちろんだ」

そこから私達は魔術談義へと移り、私は今まで知らなかったことを知る機会を得て楽しい時間を過ごしたのであった。

◇◇◇

シェリーがレーベ王国を去ったことをまだ知らないアイリーンは、自室でヨーゼフ様から受け取ったプレゼントや手紙を見返しては笑みを深めていた。

「あぁ、ヨーゼフ様との結婚が待ち遠しいわ。ふふふ。聖女である私とヨーゼフ様との結婚式だもの。きっと盛大に行われるに決まっているわ」

机の上に、手紙やプレゼントを並べて眺めることはアイリーンのひそかな楽しみであり、聖女になって散財できない代わりにそれで自分の心を満たしていた。

それに結婚して聖女をやめれば好きに外にも出ることができる。

聖女とは衣食住が保障されるが、自由は制限される為、アイリーンは早くこの生活から脱却したいと考えていた。

「それにしても、お姉様さっさとこの国から出てってくれないかしら。あれだけ言ったから、ちゃんと出て行くわよね？」

最近ヨーゼフ様が、シェリーに色目を使うことが多くなってきているのに気づいたアイリーンはそれに嫌悪した。

自分より劣っている姉シェリーに何故、という思いと、ヨーゼフ様には自分だけを見てほしいという思いがあった。

それになによりアイリーンにとってシェリーは常に面倒で邪魔な存在であった。

「お姉様ってすぐに私に説教するし、面倒だし、ことあるごとに両親に任されたからって恩着せがましいのよね。私にはお姉様なんて不必要だってなんで分からないのかしら。意味分からないし、本当に大っ嫌い」

いつになっても子ども扱いしてくるシェリー。そんなシェリーがいたことで自分が幼い頃に飢えずにいられたことなど、アイリーンには関係ない。

成人し、聖女としての地位を確立した今、アイリーンにとってシェリーは邪魔でしかなかった。

その時、部屋のドアがノックされ、聖職者のローブを着た女性が入って来た。

「アイリーン様、頼んでいたものはどこに?」

「はぁ。そこに置いてあるわ。さっさと持って行って頂戴」

「ありがとうございます」

箱に詰められているものは、シェリーが採取してきた特殊薬草や特殊魔石である。

それを持っていこうとした女性にアイリーンは言った。

「ねぇ、持っていく前に置いていくものがあるでしょう?」

「あぁ、もちろんです。こちらに」

「ありがとう」

机の上には宝石や金貨が詰められた袋が置かれた。

女性が出て行った後、アイリーンはそれを机の上に広げて数えながら笑みを深めた。

「これだけあれば、もう十分よねぇ。うふふ。結婚したら聖女はやめるし、貯めておいたお金でたくさん買い物も旅行もしよう。ヨーゼフ様は王子様だし、これからの生活は贅沢三昧だわぁ」

聖女になりしばらく経った頃に、特殊薬草や特殊魔石が高値で売れると知ったアイリーンは、それならばたくさん採ってきてもらってたくさん売ろうと思った。

最初は売ろうとは思ってもどうやったらいいか頭を悩ませたが、そこにヨーゼフ様から声がかかり、売る為の人をよこしてくれるようになったのだ。

アイリーンはそれを喜び、良い人と婚約できて良かったなと思った。

いつか散財するのだとたくさんお金を貯めてきたのである。

シェリーが採ってきたものは全て自分のものであるという考えのアイリーンは、これまで売って貯めてきたお金を見つめる度に胸の中が満たされた。

美しいその金貨や宝石はアイリーンにとっては自分の未来をさらに輝かせるものであった。

「はぁぁ。楽しみだわ。早く結婚して、たくさんの宝石とドレスに囲まれて生活したいわ」

それはきっと夢のように幸せな生活だろう。

アイリーンはテーブルの上を片付けると、ベッドの中へと入り瞼《まぶた》を閉じた。

早く寝ればそれだけ早く明日が来る。そうすればそれだけ早く自分が幸福になる日が近づくのだ。

そうアイリーンは信じて疑わなかった。

しかし、問題はすぐにアイリーンの目の前へと突きつけられることになる。

毎日自分の元へと来ていたシェリーが来なかったことから、アイリーンは侍女をシェリーの部屋へと遣わした。そして、その侍女が見つけてきた置手紙を読むことになった。

そこには相変わらず面倒くさい文章が並んでいたが、旅立つことが書かれており、アイリーンは心の中で大喜びした。

これで毎日口うるさく言ってくる者はいなくなったのである。

そう思い、それを気分よく自分の上司にあたる神官長へと伝えたところからアイリーンの幸福な未来に向けての道が崩れ始めた。

「聖女アイリーンよ。今何と言った？」

耳が遠くなったのかと思いながらも、アイリーンはあくまでも猫を被って伝えた。

「私の姉の採取者であるシェリーですが、自分の都合により突然この国を去ったようです。ですので、私が結婚するまでの間、新たに採取者をつけてください」

別段問題はないと思っていたのは自分だけだったということに、この時のアイリーンはもちろん気づいていない。

神官長の顔は一気に青ざめると、慌てた様子でアイリーンの肩を摑《つか》んでその体を揺さぶった。

「いつですか⁉　一体いつ⁉」

「えっと、昨日、ではないかと思います」

シェリーなんてさっさといなくなってくれればいいと思っていたし、できるだけ去るのは早い方がいいとアイリーンは思っていた。

ヨーゼフ様から早々に引き離したかったのである。

「なんということ……はぁぁぁ。アイリーン。大聖女様の元へと行きます。ついてきなさい」

「え？　何故です？　シェリーがいなくなったくらいで」

その言葉に神官長は驚いたような表情を浮かべると声を荒らげた。

「貴方はご自分の姉が希有な採取者であると知らないのですか？　はぁぁ。とにかく、行きますよ！」

何故自分が怒鳴られなければならないのか。アイリーンは全部シェリーのせいであると心の中で毒づいたのであった。

◇◇◇

ローグ王国に到着した後、すぐに私はアスラン様のお屋敷へと招かれた。

レーベ王国とは全く違った街中を抜け、そして魔術塔のすぐ横にある大きな建物がアスラン様の屋敷であると説明を受けた時には、内心驚きすぎて返事ができなかった。

神殿とは違った厳かな雰囲気のある屋敷の中で、借りてきた猫状態な私はできるだけ身動きを取らないように、できるだけ呼吸もしないように、ソファに腰かけていた。

アスラン様はそんな私の様子に、小さく笑うと言った。

「気にするな。自分の家のようにしてくれていい」

「え？　いや、それは難しいです。こんな素晴らしいお屋敷なんて、入ったの初めてで」

「そうなのか？　いや、だが、レーベ王国の神殿で暮らしていたのでは？」

私はその言葉に、笑いながら答えた。

「いえ、私はあくまでもアイリーンのおまけですから、部屋も使用人というか下働きの時のままで、なので、こういう格式のあるお屋敷には緊張します」

別段何か悪いことを言ったつもりではなかった。けれど顔をあげてみた瞬間のアスラン様はどこか怒っているような表情を浮かべており、私は慌てて言った。

「すすすみません！　何かお気に障《さわ》ることを言いましたか!?」

アスラン様は私へと視線を向けると口を開け、それから小さく息を吐いてから視線で執事を呼ぶと言った。

「私専属の採取者となるシェリー嬢だ。これからこの家に住む故、丁重にもてなすように。シェリー嬢。この屋敷をまとめている執事長のレイブンだ。何かあればレイブンに頼むといい」

レイブンと紹介された執事は壮年の気品ある方で、私を見る瞳はとても優しくて、素敵な方だなと思った。

だからこそ、この家に住むという言葉を、私は聞き逃すところであった。

「え？　この家に住む？　え？」

慌てる私に、アスラン様は優しげに微笑むと言った。

「できれば傍にいてくれると助かるのだ。どうしても嫌だというのであれば、別に家を借りるが……安全面から言っても、ここにいてもらえる方が助かる」

「で、ですが、こんな素敵なお屋敷に私なんか……あ、あの、少しならお金も持ってきていますから、自分で家を借ります！」

そう言った時、悲しそうに目じりを下げるアスラン様と視線が合った。

「……やはり、私と一緒では……嫌なのか」

「え？　え？　いや、そんなわけはありません！　アスラン様と一緒なら光栄ですし嬉しいです し！　ずっと一緒にいたいです！」

「そうか。それはよかった。レイブン。部屋を用意してくれ」

「かしこまりました」

「へ？　えええ？　あ、違う、いえ、違わないですが、ちが……」

考えているうちに、レイブンさんは一礼してからその場から下がってしまい、私はどうしたものかと視線を彷徨わせた。

すると、小さな笑い声が聞こえて、私は視線をアスラン様へと戻した。

「アスラン様！　あの、笑っている場合ではありません。あの、光栄ですが、私にはこのお屋敷は素敵すぎて、その」

そんな私に、アスラン様はひとしきり笑い終えると言った。

「ここに来るまでに共に過ごしていて、私はこれほどまでに楽しい相手は初めてなのだ。シェリー嬢。お願いだ。女性の一人暮らしはやはり危ない。せめてこの国に慣れるまで、一緒に暮らしてほしい」

心配されるということに慣れていない私は、どう答えた方がいいのか分からなくて、言葉を探す。

けれど、優しいアスラン様の視線にほだされて、私は小さく、最後にはうなずいた。

「あり、がとうございます。その……しばらくの間、よろしくお願いします」

そう伝えると、アスラン様が優しげに目を細めるので、私の胸はまた高鳴る。

この数日間一緒にいて思うことは、アスラン様は人たらしである。

話せば話すほどに特殊薬草や特殊魔石にも詳しいことが分かって、魔術ではどうそれを使うのかなど話を聞くのがすごく楽しかった。

食事は美味しいし、旅の中でも一つ一つが優しい。

こんな人がもてないわけがない。一瞬もう結婚をしているのではないかと疑ったけれど、していないとはっきりと言われた。

今までずっとアイリーンが生活の中心だった私は、自分が他人に優しくされるという体験をあまりしてこなかった。

だから、アスラン様の一つ一つの優しさが胸にしみすぎて、私の心は今にもアスラン様に陥落寸前である。

「アスラン様……あまり優しすぎると、勘違いする女性が増殖してしまいますよ？」

そう伝えると、アスラン様は困ったように眉を寄せると言った。

「おそらくシェリー嬢は勘違いをしている。私は常日頃、あまり優しくはない」

「え？　どういう意味です？」

「……自分でもよく分からないのだ。さぁ、せっかくだ。甘いものでも食べてゆっくりしよう」

「え？　甘い、もの」

私が瞳を輝かせると、お菓子を載せたトレーが運ばれてきて、机の上に色とりどりの美しい菓子が並んでいく。

甘いものは好きだけれど、あまり頻繁に買えるものではないので、特別なご褒美の日だけ自分に買っていた。

ごくりと喉が鳴ってしまい、意地汚いなと自分で反省した時、顔をあげるとアスラン様はそんな私に言った。

「旅の中で甘いものが好きだと聞いていたので、ぜひ、楽しんでもらえたらと思って。私も一緒にいただこう」

湯気の立つ紅茶を入れてもらい、私はこんな贅沢をしてもいいのだろうかと、こんなに幸せでいいのだろうかと、思ったのであった。

第二章　新天地での生活

ローグ王国へと到着してからは、アスラン様と一緒に日用品を買いそろえたり、ローグ王国に籍を置く為に申請をしたりと忙しく過ごした。

アスラン様が丁寧に教えてくださり、役場への申請も一緒に行って手続きを行い、面倒なことでも嫌な顔をせずに手伝ってくれた。

そして今日は、魔術塔へと挨拶に向かうことになっており、私は同僚になるであろう人々に会うのを楽しみにしていた。

ただ、楽しみ半分、不安半分である。

今まで私はほとんどの仕事を一人でこなしてきたので、同僚というものができること自体初めてである。

うまく溶け込めるであろうか。

人との関係性のある職場というものに憧れはあったものの自分には無縁のものであるとずっと思っていた。

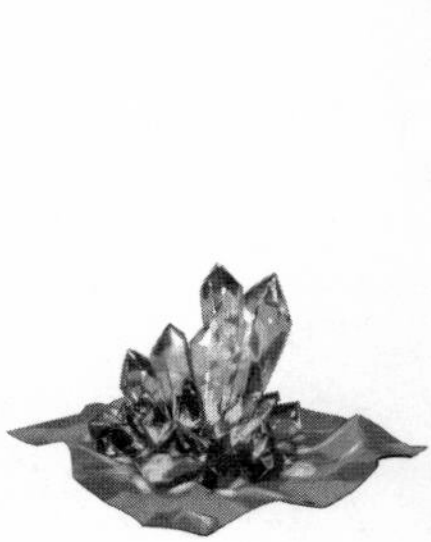

これは登りがいがあるなと思っていると、アスラン様に手を取られ、小指に可愛らしい指輪をは
ドアを開けてすぐに部屋があるかと思えばそうではなく、見上げると長い階段が続いていた。

私は大きく深呼吸をしてから、アスラン様に続いて魔術塔の部屋の中へと入った。

そう言われてみれば、確かに私の緊張は先ほどよりも和らいでいるような気がする。

「ふむ。不評のようだ。だが、緊張は少し和らいだようでなにより」

「……なんだか損した気分です」

「遊びで発明した、消える飴だ」

私が驚いていると、アスラン様はいたずらが成功したようなにっとした笑みを浮かべると言った。

で口の中で溶けていってしまったのである。

口をもごもごとさせながら挨拶をするのはいかがなものかと思っていると、キャンディーは一瞬
「あ、アスラン様。これでは、キャンディーを食べながら、挨拶をすることになります」

世に言う〝あーん〟ではないかと、顔を赤らめた。

その瞬間にアスラン様に口の中へとキャンディーを入れられ、私はもぐもぐとしながら、これは
「え？」

「口を開けて」

入り口前で大きく深呼吸を繰り返す私に、アスラン様はポケットからキャンディーを取り出す。

「緊張しているのか？」

められた。

「これは？」

「この塔の部屋へと入る認証のようなものだ。階段の横にある本のオブジェに触ってみるといい」

「これですか？」

「あぁ」

階段の手すりの手前に置かれた本のオブジェ。それに私は言われたとおりに手を載せた瞬間、足元がぐらりと揺れたかと思うと、そのまま上へとドンドンと上がっていく。

そして気がつけば最上階のドアの前へと着いていた。

「すごいですね」

「魔術で作った移動装置だ。その指輪があればいつでも利用可能だ」

「なるほど。ありがとうございます」

ただ、上りがいのありそうな階段だったので、体がなまらないように後で上らせてもらおうと内心思った。

採取者は体力勝負なところがあるので、この数日で落ちているかもしれない体力を取り戻しておきたいところなのだ。

アスラン様は私の方へと視線を向け、開けてもいいかというように見つめてくるので私はうなずいた。

ドアが開くと、そこは緑の溢れる研究室のような場所で、私の足元には用水路があり、そこを流れる水の美しさや、天井を通って水が循環する仕組みに驚いた。

ただ、人の気配はするけれど同僚となる人の姿が見えず私がアスラン様へと視線を向けると、アスラン様は口を開いた。

「ベス。ミゲル。フェン。君達が渇望していた採取者シェリーを連れて帰ったぞ」

その瞬間、机の上の藻のようなものが動き出し、そこから赤毛の眼鏡をかけたおさげの女性が、花瓶の後ろから身長が低く銀色の髪の上にゴーグルをつけた男性が、机の下から髪の毛が爆発したような鳶色《とびいろ》の髪の男性が姿を現した。

三者三様であったけれど、三人はピシッと並ぶと私の方を見て瞳を輝かせた。

「さすがアスラン様！　天才採取者シェリーを引き抜いてくるなんて最高です！　私はベス！　よろしくお願いしますね！」

「わぁぁあ。すごいなぁ。本当に？　本物ですか？　大変可愛らしいお嬢さんで！　僕はミゲル！　結婚はしていないよ！　良かったらデートしよう」

その瞬間に横にいた長身の男性がミゲルの頭をぐっと押して顎を載せると言った。

「いやぁ、ミゲルのたわごとなど気にせずにぃ。だけどなぁ、本当にあのシェリー？　うはぁ。本物を連れてくるなんて、さすがは、アスラン様だなぁ～」

興奮気味の三人に、アスラン様はコホンと咳払いをして注目を集めると言った。

「シェリー嬢。魔術塔には他にも魔術師はいるが、この最上階に入れるのは私とこの三人だけだ。基本的にシェリー嬢がかかわるのもこの三人になる。三人とも善き魔術師だ」

そう紹介された三人は、目を見開いて固まった。

「え？　アスラン様……え？」

「微笑んだ？　は？　え？」

「僕達はまだ夢の中らしい。そんな優しいことをアスラン様が言うわけがないぃ」

三人が呟いた言葉に、私が小首を傾げると、アスラン様は小さくため息をついてから目をすっと細めると言った。

「伝えておいた仕事をせずに、研究に明け暮れて隠れていた者達が、私に文句か？」

冷ややかな風が部屋を駆け抜けていくような感覚に、私が驚いてアスラン様へと視線を向けると、すっと寒気が消えた。

一体どうなっているのだろうかと思っていると、三人が肩を組むとこそこそと話し始め、それからすっと姿勢を正すと言った。

「「「申し訳ございませんでした」」」

「分かればいい」

仲がいいのだなぁと思いつつ、私はここで自分も頑張っていくのだと、心の中で気合を入れたのであった。

そしてその後は魔術塔内にある魔術具を色々と見せてもらった。

ベスさんは瞳を輝かせながら、棚の上に並べられている魔術具について説明をし、ミゲルさんはそれに使われている魔石や薬草の一覧を見せてくれる。そしてフェンさんはというと、アスラン様と共に、これから必要になる魔石や薬草について一覧を見直しており、私に優先的に採取してもらうものは何にするかなど話しているようだ。

私は賑やかな職場だなと思いながらも、ベスさんもミゲルさんも知識がとても豊富で、思いもよらない考え方をしていて驚いた。

常識なんて関係ない。

魔術とはイマジネーションを大事にする仕事なのだと、私は魔術というものの奥深さを知った。

「あ、そうだ。これをシェリーに渡しておくね。安全の為に、シェリーの居場所が分かる位置把握装置みたいなやつなの。基本的には使わないのだけれど、私達みたいな王城勤めの魔術師は緊急時には呼び出されるから持っておかなければならないのよ。ほら、私はいつもポケットに入れているの。ちなみにちょっと改良して、開けたら鏡がついているから、身だしなみを整えるのに良かったら使って」

渡されたのは小さなコンパクトのような魔術具であり、私はうなずくとそれをポシェットへと入れた。

「ちょっと嫌かもだけれど、安全と仕事の都合上仕方ないから、よろしくねぇ」

「はい。分かりました。ポシェットに入れておきますね」

「うん。よろしくね」

私は集団での勤務というのはこんな風なのだなぁ、今までの野放し状態とは違うのだと改めて思った。

今までは、どこかでもしも死んでしまったとしても、誰にも見つけてもらえないのだろうなという、漠然とした思いがあった。

採取者とは危険な仕事だから、そうしたこともあるのだろうと覚悟していたのだ。

けれど、ベスさんから手渡された魔術具があれば、私の亡骸がそのまま放置されることはないということだ。

これまでそのことに対して、どこかで悲しいなという思いがあった。

だからこそ、この魔術具が、たとえどこかで死んだとしても、誰かに最終的には自分の死を知ってもらえるのだという、お守りのように思えたのであった。

空に月と太陽が浮かぶ頃、私は山間から空を見つめ白い息をゆっくりと吐き出した。

鼻から息を吸えば少しツンと痛む。その感覚に私は笑みを浮かべると、大きく背伸びをした。

「シェリー嬢、では行こうか」

「はい。アスラン様。ですが、本当に私のペースで大丈夫ですか？　その、今まで他の方と一緒に採取に向かったことがないので、心配なのですが」

今日は、採取する様子を見たいということで、アスラン様が同行しているのだ。

けれど、私は他の人と共に採取をした経験が師匠とくらいしかなく、師匠は普通の人ではないので、例外である。

「いつもの君の様子が知りたいので大丈夫だ。私は魔術具を使うので、問題はない。身体強化や防御、転落防止などの魔術具も身に着けている」

それだけで一体いくらするのだろうかと思ってしまう。おそらくはかなり高額なはずだ。

「分かりました。でも、何かあったり、体調が悪くなったらすぐに教えてくださいね」

「分かった」

今日の目的地は、山頂付近にある洞窟の先、その奥にひっそりとある小さな泉である。採取物としてはそこまで難易度は高くないと思うけれど、それでも、一般人であればついてくるのも難しいのではないかと私は考えている。ただ、採取に一般人を帯同したことがない為にいまいち分からない。

私は本当に私のペースで行っていいのだろうかと思うけれど、アスラン様が今の私の状態を見たいと言うのであるから仕方がない。

「君は私のことは考えなくていい。ただ、いつも通りに採取してくれ」

「……分かりました」

私は呼吸を整えると、空の状況や風、そして、地面を触って土の湿り気などを確認すると、深呼吸を一つ行う。

それから手袋、ブーツ、ジャケットなどの自分の衣服を点検し、問題ないか確認した後に軽く飛び跳ねて準備運動を行う。

「では、行きます」

「了解した」

私はいつも通りに、山を登り始める。

いつものペースを乱さず、一定のペースで岩肌を駆け抜け、登っていく。

そして、山を一気に登り終えたところで、一度足を止めて鼻を鳴らして空気を読む。

一応アスラン様の方を振り返ると、アスラン様もしっかりとついてきていた。何かしらの魔術具を使っているのだろう。わずかにではあるが体が青白く光っているのが分かった。

私は大丈夫そうだなと判断すると、アスラン様に声をかけた。

「雨が降ります。カッパは持っていますか？」

「大丈夫だ」

「羽織ってから、出発しますね」

「分かった」

私はさっとポシェットの中からカッパを取り出すとそれを羽織り、荷物をまとめ、再度ブーツに問題がないかチェックをした後に手袋をしっかりとし、空を見上げた。

「十分ほどで雨が降ります。急ぎます」

「分かった」

その十分後雨が降り始めるけれど、まだ小雨であり、現状では採取続行で進められる状況であったので、私は山中を走り抜ける。

アスラン様もついてきており、問題なさそうだったのでそのまま進み、私は洞窟の入り口に到着すると、中に入りカッパを脱いで、マスクをつけた。

「ここからはマスクをお願いします。この一帯は危険なガスはないとは思いますが、念の為です」

その言葉にアスラン様は口を開いた。

「危険な場所もこれまであっただろうが、毒などにはどのように対処を？」

「採取者は、毒を体に慣らしているのです。私も採取者としてこれまで様々な場所に採取に赴き、特殊魔石や特殊薬草の効能を試す為に実験で使ったり、毒などは普段から体に少量ずつ入れて慣れさせたりしてきているのです」

それを伝えると、アスラン様は驚いたように目を見開いた。

「大丈夫なのか？　体に問題は？」

「師匠の管理下で、あくまでも安全な量ですので、問題はありません」

「なるほど……採取者にも様々な訓練があるのだな」

「はい。私もなりたての頃は苦労しました。ではアスラン様、ここからは洞窟を進んでいきます。良いですか？」

「あぁ。頼む」

私はうなずくと、洞窟の中を進んでいく。基本的には山道のように足場も悪くないので、淡々と進んでいくだけである。

なので、私は口を開いた。

「この洞窟に来るのは久しぶりです。アスラン様は運がいいですよ」

「運がいいとは？」

「ふふふ。見てのお楽しみです」

「それは楽しみだな」

足元に気を付けながら歩いていくと、少しずつ水音が聞こえてくるようになってきた。泉が近くなってきたのだろう。

私は泉の見える手前で足を止めると、アスラン様に口元で静かにするようにと合図を送り、岩陰へと隠れるように手で示した。

アスラン様はうなずき、私の後について岩陰へと隠れた。

視線の先には小さな泉があり、私はあくまでも口を開かないように、アスラン様にそちらの方を指さした。

洞窟の中は、暗いけれど前が見えないほどではない。その理由としては洞窟の成分に魔石が含まれているからであり、魔石が発光し、一定の明るさを保っているのである。

そして泉の中は青く輝いており、美しく淡い光を放っていた。

私はポシェットの中から一つの小瓶を取り出すと、アスラン様に向かって笑みを向けた。

見ていてくださいというように手で合図をし、私はゆっくりと小瓶を開いた。

中に入っていたのは黄色に発光する黄色苔虫という小さな生物で、ふわふわと飛んでいく。

そして泉の方へと引き寄せられるように飛んだ瞬間、泉の中から青く発光する光が渦のように飛び始め、黄色に発光する虫を取り囲むと、丸い球体のような形へと変化する。

そして次の瞬間それは泉の中に沈んだ。泉は緑色に変化するとそれが空気中に広がり、洞窟の壁に美しく輝く緑色の苔が広がり始めた。

あっという間に先ほどまでは岩の肌だった洞窟が、緑の苔で覆われ、しかもそれが発光しているので洞窟自体が明るくなった。

アスラン様は目を丸くしており、私は立ち上がると口を開いた。

「どうですか？　びっくりしましたか？」

アスラン様も立ち上がり、辺りを見回して、大きくうなずいた。

「これはすごいな。本では読んだことがあったが、実際に見ると感動するものだな。今日見ることができるとは思ってもいなかった。これは黄色苔虫と青色苔虫とが泉の魔石水によって相互作用を

もたらし、苔を繁殖させて広がったもので合っているだろうか」

私はアスラン様の言葉に驚いてうなずいた。

「さすがです。アスラン様！　その通りです。今の時期は青色苔虫が泉には繁殖しているので、そこに黄色苔虫を連れてきたことで相互作用を引き起こしたのです。そして、私が目的とする採取物はこれですね」

私は泉まで歩いていくと、泉の水を小瓶に取った。

「この水は黄色苔虫と青色苔虫の成分が混ざり合い、そして緑色苔が繁殖したことで生成される特殊魔石水です。この時期しか採取できないのです。この採取場は穴場で、私はこの時期になると利用させてもらっています」

「なるほど。だがそもそもこの黄色苔虫が入手困難な生き物のはずだ。だからこそ、この特殊魔石水を作り上げること自体、難しいと思うのだが……」

私はアスラン様の言葉に小首を傾げた。

「そうですか？　黄色苔虫は採取方法と生息地、時期、苔の具合と気候に気を配れば、採取はそこまで難しいとは思えませんが」

アスラン様は私の言葉に苦笑を浮かべると言った。

「シェリー嬢。普通はそれを難しいと言うんだよ」

「え？　そう、なのですか？　とにかく、無事に採取できて良かったです」

久しぶりの採取で体がなまっていないか心配していたけれど、調子はむしろ良く、採取を終えた私の気持ちはすっきりとしていた。

「では、採取もできたので帰りましょうか」

私がそう言うと、アスラン様は一度大きく背伸びをすると言った。

「あぁ。だがまさか、君がそこまで難しくないといったものが、これほど過酷だとは思わなかった。魔術具と魔術薬がなければ、到底ついていてなどこれなかったな」

アスラン様の言葉に私はきょとんとして首を傾げると、アスラン様は苦笑を浮かべながら言った。

「あんな岩肌を道具も使わずに跳ぶように走れるなんて、本当に人間業かと疑ったぞ。それに、その後天候が崩れるとすぐに気がついたことにも驚いたしな。まぁ、並大抵の採取者では魔術具があってもついてはこれないであろうことが理解できた」

そうだろうかと、私は他の採取者の採取法が分からなかったので何とも言えなかった。

その後はアスラン様が魔術具の準備を整え、魔術薬を飲んでから出発することになった。帰りは、できるだけゆっくりと進んだのだけれど、アスラン様にはこのペースでも普通はついていけないと言われた。

今回の採取に付き添う為にかなりの魔術具と魔術薬を使ったようであった。

私達は山を下りると、来る時にも使った近隣の街にあるギルドを目指して歩き出した。

小さな街であっても大抵は魔術具の移動装置であるポータルとそれを運営するギルドは設置して

ある。

なので採取者は最寄りの街までの移動は結構たやすくできるのでありがたい限りだ。

それになにより、アスラン様からいただいた魔術塔ローグ王国公認の許可証は便利が良かった。

これを提示すればすぐに対応してもらえて、優先してポータルを利用できるのである。

「シェリー嬢。魔術塔の長としてたまにギルドのチェックをする決まりがあってな。割り振りとしてここは私の管轄なのだ。ここまで来たので、抜き打ちチェックをしてきてもいいだろうか？」

私は魔術塔の長にそんな仕事もあるのかと思いながらうなずいた。

「分かりました。では私はポータルを利用できるか話をしてきますね」

「あぁ。こちらは時間はかからないのでよろしく頼む」

「はい」

アスラン様はフードを被り身元がバレないように掲示板の方へと進んでいき、私は受付の女性に声をかけた。

「すみません。あの、ローグ王国の魔術塔へ移動するのでポータルを利用したいのですが」

そう伝えると、通常ならば許可証の提示を求められ利用可能のはずなのだけれど、受付の女性は眉間にしわを寄せると高圧的な口調で言った。

「魔術塔ですか？　それは許可が下りている方しか移動できない場所ですが」

私は先に許可証を出しておけばよかったと思いポシェットから取り出すとそれを提示した。

「あの、ここに許可証があるので」

「は？　貴方みたいな女の子に出るわけないじゃないですか。偽物でしょう？」

新人マークが胸につけられており、私はまだ慣れていないのだなと思いながら許可証を提示しながら説明をした。

「私は採取者で魔術塔に所属しているのです。ですから」

「魔術塔の所属？　っはぁぁぁ。貴方、もしかして魔術師アスラン様のファンか何かですか？　たまにいるんですよねぇ～。どうにか魔術塔に行ってアスラン様に取り入ろうとする人。本当にそういう人迷惑なんですよ」

「あの、確認してもらったら分かることなので」

「だーかーら、偽物なんて確認するわけないでしょう！」

これは押し問答になってしまうと、上司の方を呼んでもらおうかと思った時であった。

「許可証を確認しないのは職務怠慢ではないか」

「え？」

「へ？」

後ろを振り向くと、フードを被ったアスラン様がいつの間にか立っていた。

おそらくその受付の女性はアスラン様だと気づいていないのだろう。怒鳴り声をあげた。

「偽物をどうやって確認しろっていうのよ！」

痫癪を起こすように声をあげた女性を見て、私はアイリーンを思い出した。

自分が正しいと思ったことに対して認識を改めることが難しい人はいる。けれど、ギルドでそうされてしまうと自分以外にも迷惑をこうむる人が出るかもしれない。

アスラン様はフードを取ると、私の横に立ち、落ち着いた口調で言った。

「私の名前はローグ王国魔術塔長アスラン。ギルド長をここへ」

「え!? あ、アスラン様!? あああああ。本物のアスラン様だぁ! え! うそぉ。私ファンなんです!」

女性は立ち上がると、アスラン様の方へと手を伸ばそうとするが、その手をよけるように一歩後ろへとアスラン様は下がった。

「君は今の現状が分かっているのか? ギルド長をここへ」

「え? あー……えっと……」

受付の女性は視線をきょろきょろと彷徨わせる。どうにかごまかせないか、そんなことを考えているのが見ていて良く分かる。

そして後ろから慌てた様子で一人の女性が走ってくるのが見えた。

「どどどどどうかされましたか!? 私がギルド長のエマです」

女性のギルド長とは珍しいなと思っていると、アスラン様は眉間に深くしわを寄せて言った。

「私はローグ王国魔術塔所属アスランという。突然申し訳ないが、先ほどから聞いていれば、どうにも教育をしっかり受けているのか気になるところだ。新人指導はどのように行っているのだ。こんな対応ではローグ王国所属のギルドという地位を剥奪されてしまうぞ。無所属のギルドは運営が難しくなる。それはギルド長殿も分かっているであろう」

その言葉に、ギルド長は驚いたように目を見開いて受付の女性へと視線を移した。

彼女は顔を真っ赤にしてうつむいており、それから顔をあげるとギルド長とアスラン様に慌てた口調で言った。

「あああの、この方が不躾に上から目線で魔術塔へ行きたいなんて言うから私怖くなって、それで、でもちゃんと受付をしなくちゃいけないって思って対応していただけなんですぅ」

瞳いっぱいに涙を溜めており、私はその様子を見てどうしようかと思っていると、アスラン様は懐から録音用の魔術具を取り出すと机の上に置き、先ほどの私と受付の女性とのやり取りを流し始めた。

そんなものいつも持ち歩いているのだろうかと思っていると、アスラン様は静かに言った。

「基本的に私のような公職は、他の機関との間で行き違いが起こらないように、こうして録音用の魔術具を常に携帯している。ギルドにも同じように録音をする魔術具があると思う。それと比較してもらってもかまわん。ギルド長、それで、新人教育はどのように？」

厳しい瞳と口調のアスラン様に、受付の女性は顔を青ざめさせて涙をぼたぼたとこぼし始めている。

ギルド長は大きくため息をつくと言った。

「本当に申し訳ありません。どうにも最近苦情が多いと思ってはいたのですが、彼女の言葉を信じすぎていたようです。こちらの新人教育がなっておりませんでした。今後このようなことがないように指導に当たりますので、どうかお許しください」

アスラン様はどうするとでも言うように視線を私へと向けた。

私は静かに答えた。

「頭をあげてください。私は許可証を使って戻れればいいのです」

「……ありがとうございます。本当に申し訳ありませんでした。ほら、貴方も謝って」

促され、受付の女性も頭を下げた。

「すみませんでした」

どこかその言い方はふてくされており、私はそんな女性に妹であるアイリーンを重ねて言った。

「大丈夫ですよ。確かに、アスラン様目当てで来る人もいるのでしょう。貴方なりの正義感があったことは分かります。ですが、今後はちゃんと話を聞いてもらえるとありがたいです。ほら、そんな顔では可愛らしい顔が台無しですよ」

「へ？」

怒鳴られるとでも思っていたのか、受付の女性は驚いた表情を浮かべており、私はアイリーンよりも素直だなと思いながら笑った。

「次来る時には、お互いに笑顔で話しましょうね」

「は……はい」

私はどこか不満げなアスラン様の背中を押して、ポータルを利用させてもらうと魔術塔へと帰ったのであった。

「……貴方は優しすぎる」

魔術塔の入り口前でアスラン様に言われ、私はそうだろうかと考える。

別段優しいわけではないと自分では思う。理不尽なことであれば怒りも感じるし、いらだつこともある。けれど、自分よりも年下の子を見ると、アイリーンと重ねてしまうのはもう癖みたいなものだ。

「私はお姉さんですから、自分よりも年下には優しくしないと」

「……まるで呪いのようだ」

「え？」

「……君の優しさを利用した、姉という呪いのようだ。私は努力し頑張る者が理不尽な扱いを受けることは好まない……君はもっと堂々と自分の気持ちを言っていいと思う」

その言葉に、私は胸の中がずぐりと痛みを発するのを感じた。

「だって、私はお姉さんだから」

ずっと胸の内にある姉という重い心の蓋。それが自分の感情をいつも抑えつける。

「だから我慢しないといけないのか？　先ほどの理不尽は君だって分かったはずだ。なのに君は諭すばかりで怒ることもしない。理不尽なことには、怒ってもいいのに……君は、君はこれまでいつもこんな風に我慢ばかりしてきたのか？」

アスラン様は私を非難しているのではない。

私を心配して、私のことを案じているのだということが、その瞳から伝わってきた。

この人は、私のことを、純粋に心配しているのだ。

真剣な瞳からそれが伝わってきて、真正面からぶつかるように向き合ってくれる人と出会ったのは初めてであった。

私の人生の中心には、アイリーンがずっといた。

私よりも四歳年下で、両親が亡くなった時アイリーンはまだ八歳だった。

十二歳になったばかりの私は両親から幼いアイリーンを任されて、どうにか彼女を飢えさせないように生活をしていかなければと毎日必死に働いた。

できることは何でもやった。

元々私は十歳の頃から簡単な仕事をしていたので、両親が亡くなってもそれを頼りに頑張ることができた。ただ、それだけではやはりお金は足りず、買い物の手伝いに、花売り、子どもの世話に家畜の世話。日雇いで一つ一つの稼ぎは少なかったけれど、それでも自分にできる仕事はたかが知れていたから、もらえる金額は少なくても必死に働くしかなかった。

日が昇る前に起きて水くみの仕事を終わらせて、アイリーンと朝食を済ませてから家畜の世話に行き、昼食後は今度は花売りの仕事。毎日毎日が目まぐるしくて、けれどそれでもアイリーンを飢えさせたくなかった。

茶色の髪に深緑色の瞳の平凡な私とは違って、美しい金色の髪と空色の瞳のアイリーンは、外に出せば人攫《ひとさら》いに遭いそうで、私はできるだけ安全な場所で過ごせるようにと、必死でお金を稼いで、治安のよい場所に家を借りて過ごしていた。

レーベ王国では普通の家庭から美しい容姿の子が産まれることがままあるのだと両親からは聞いていた。

そんな子は家に幸福をもたらすと言われており、だからこそ周囲の大人達もアイリーンに対しては好感を抱いているようだった。

ただ、アイリーンの美しさと、私があまりにも必死に働く姿を見て、妹を売ったらどうだと提案する大人がいた。

幸福をもたらすなんて迷信だと言うそんな大人達から私は必死にアイリーンを守った。

高値で買うと言われたり、攫おうとする人にずっと後をつけられたこともあった。私は危険が多いと思い、アイリーンを守れるように自分を鍛え上げることにした。

そこで採取者としての基本的な体力がついたのだろうなと思う。

たった一人の私の可愛い妹。アイリーンが笑顔でいてくれることが私の幸せで、アイリーンが世界の中心だった。

それは両親が生きていた頃もそうであった。

シェリーはお姉さんなんだから、アイリーンに譲ってあげなさい。

お姉さんなんだから優しくしなきゃダメでしょう。

お姉さんだから。

お姉さんだから、アイリーンの為に働くのは当たり前で、お姉さんだから年下の者には優しくしてあげなくちゃいけない。

両親から溺愛されて育ったアイリーンは性格は確かにあまりよろしくなくて、それもどうにか直そうとしてみたけれど、神殿から聖女であると告げられてからは直すどころかさらに悪くなってしまった。

それでも私は姉だから、聖女だろうとなんだろうと、アイリーンが笑顔で過ごせるよう頑張らなければならないのだと思い込んでいた。

アイリーンの為に。ずっとそう思って、生きてきた。

私のことを真っすぐに見つめるアスラン様は心配するような口調で言った。

「……妹も成人したと聞いた。そして君は妹から離れた。ならばもう、姉という枷《かせ》から解き放たれて、君自身の幸せの為に歩んでほしい」

これまで働くことはアイリーンの為だった。

これまで頑張ってきたのはアイリーンの為だった。

けれど、もういいのだ。私はアスラン様の瞳を見つめてそう思った。

「そう……ですね。もう姉ではなく、私シェリー自身の為に、これからを考えるべきですよね」

私自身、アイリーンの為としていれば生きやすかったのだ。生きる目標があったから頑張って踏ん張れていた。

けれどもう自分もアイリーンも子どもではなく、それぞれ歩んでいくだけの力を持っている。なら、ちゃんと地に足をつけて、自分の道を進んでいかなければならないのだろう。

「すまない……勝手なことを言った。決して君を傷つけるつもりではないのだ。ただ、君は素晴らしい人で、だからこそ……自分を大切にしてほしいと思うのだ」

自分に向き合ってくれるアスラン様に、私はこの人の傍にいられたら幸せだろうなと思った。

私を姉ではなく、私として見てくれる人。

だめだなと私は思う。

出会ってからまだ間もないというのに、どんどん心がアスラン様に惹かれていく自分に、私は気づかないふりをした。


それから数日後、私は一人採取の為に山のふもとの街を訪れると、その帰りそこにある一軒の酒場のカウンターで、マスターに向かって言った。

「あのですねぇ。あんなにですねぇ、素敵な人が身近にいて、惹かれない方が無理っていうわけなんですよ」

「うふふ。貴方からそんな浮いた話が聴けるなんて、驚きよぉ。貴方、妹にしか興味ないのかと私思ってたぁ〜」

この酒場は、レーベ王国にいた時からの行きつけの店であり、レーベ王国とローグ王国の境目にある小さな街唯一の酒場である。

この酒場のマスターは男性なのか女性なのか分からない見た目をしているが、私にとっては何でも話せる唯一の相手であった。

「シェリーちゃんってば、やっと貴方にも春が来たのねぇ〜」

私はマスターのその言葉に唇を尖らせると、カウンターに顎を載せて言った。

「そんなきらめいたものじゃないです。不毛ですよ。不毛。不毛の大地です」

「まぁ？　でもこれまで浮いた話一つもなかったのに、どういう心境の変化なの？」

そう言われ、私はアスラン様のことを思い出して両手で顔を覆うと言った。

「全部好みの人とか、今まで出会ったことなかったのですよ。それに、私が話す内容を全て理解してくれるなんて、ときめかないわけがない！　今まで特殊魔石の採取の仕方で驚いたことがあってもそれを共有できる人なんていなくて、でもアスラン様は話を聞いてくれた上で、その参考文献とか資料とか見ながら語り合えるんですよ!?　分かりますかこの喜びが！」

「貴方も特殊ねぇ〜」

久しぶりに飲むお酒のせいか、回りが早い気がするけれど、それでも止められなかった。

自分を大切にしてほしいと言われてから、私は自分のことを一人の人間として見てくれるアスラン様にどんどんと惹かれている自分にどうにか気づかないふりを続けてきた。

けれど、心の中が、次第にアスラン様のことでいっぱいになっていく自分がいて、どうしようもなくなって今日は一人で飲みに来たのである。

「はぁぁぁ。マスター私、どうしたらいいの？　だって、こんなの初めてで、分かんないの」

瞳を潤ませながら酒を飲む私のことを、先ほどから店の中にいる男性達がちらちらと見ているよ

うな視線を感じて、あぁ、他人に憐れまれているのかもしれないと思うと、さらに辛くなった。

マスターは困ったように笑みを浮かべた。

「まぁまぁ。うふふ。貴方が恋するなんてねぇ。はぁ、なんだか嬉しいわぁ。でもここにそのアス

ラン様はいないわけだし、そんなあまーい雰囲気出しちゃだめよぉ？」

「恋!?　いいえ！　恋ではないわ！　マスター違うわぁ」

「今聞いてほしいのはそこではないのだけれどぉ」

カウンターに突っ伏してうめき声をあげてしまう。その時、私の横に誰かが移動してくる気配を

感じて顔をあげると、ちょうど男性が座ろうとしているところであった。

席はたくさん空いているのに、どうして隣に来るのだろうか。

「お兄さん。この子の隣は禁止よ」

マスターがそう言うと、男性はそんな言葉は無視して私の隣に座った。

「固いこと言うなよ。ねぇ君、シェリーちゃん、でしょう？　以前見かけてさ、可愛いなぁって思っていたんだ。よかったら、一緒に飲まない？」

この人は誰だろうかと思っていると、男性が私の手を取って撫でてきた。

私はじっと男性を見てから、マスターの方へと視線を向けた。

「マスター。この人はぁ、お店の妨害になるかもしれないのでぇ、外へ出してもいいですかぁ？」

「あぁ、シェリーちゃん。落ち着いてね？　あぁ、もうアンタ早く離れなさい？　怪我するわよ？　忠告はしたからね？　ここからは自己責任よ？　お店は何の関与もいたしません」

「何言ってんだよ。邪魔すんな。ねぇ、シェリーちゃん。手、ちっちゃいねぇ。可愛いねぇ〜。ちゅっちゅしたくなる」

ちゅっとリップ音を立てて私の手にキスしてきたので、この人はお店にいてはいけない人だなと判断して、私は笑顔で言った。

「あのですねぇ、今すぐその手を放してぇ、この店から出て行かないと、ぶっ飛ばしますよぉ？」

「何それ。かっわいぃ。ぶっとばされちゃうのぉ？　ね、ほら、こっち来て」

そう言って肩を抱いてきたかと思うとぐっと引き寄せられる。

「さん、にー、いち」

次の瞬間、私はその男性の腕を掴み上げてから外へと投げ飛ばそうと思っていた。のだけれど、投げ飛ばす前に隣にいた男性が消えており、私は目を丸くした。

「へ？　どこへまいられましたか？」

マスターも驚いたような表情を浮かべており、私は何が起こったのだろうかと思っていると、また、私の横に誰かが腰かけた。

「あの、そこは……」

「すまない。休みのところ。緊急の案件が入ってしまって、どうしてもシェリー嬢の助けが必要なのだ。申し訳ないのだが一度魔術塔へと帰ってきてもらえるか？」

「あ……すらん、様？」

フードを取ったアスラン様は、マスターにレモン水を注文すると、それを一気に飲み干してから言った。

「ゆっくりさせてやりたいのはやまやまだったのだが、申し訳ない。酒を消す魔術薬だ。これを呑んでくれ」

「へ？　あ、ひゃい」

私は差し出された薬を飲んだ。すると先ほどまで体を巡っていた酒が一瞬で消え、視界も思考も良好になっていく。

私はその中で先ほどのことを思い出し尋ねた。

「もしかして、ここにいた男性の行方をご存じですか？」

「ん？　女性に不躾な対応を取る男は性根を鍛え直した方がいい。そういう場所に送っただけだから気にするな」

「あ、はい」

私はどこに送ったのだろうかと思ったのだけれど、どこかアスラン様が焦った様子なのに気づき、かなり緊急性の高い案件なのだなと立ち上がった。

「マスターお勘定を」

「うふふ。今日はいいもの見せてもらった記念におごってあげる」

その言葉に私はマスターには一瞬で自分の好きな人がバレたなと思った。

アスラン様は金貨をカウンターの上へ置くと言った。

「うちの者が世話になった。また挨拶には改めて。では失礼する」

手を引かれて私はアスラン様と共に酒場を出た。


アスラン様は小さな声で言った。

「どうやら王太子殿下に毒が盛られたようだ。今から王城へと向かう」

私はその言葉に驚き、アスラン様と共に足早に王城へ向かった。

第三章 聖女の力を反転させた呪い

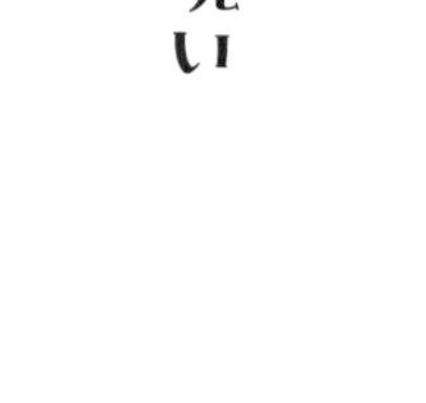

アスラン様と共に向かったのは王城内にある離宮であり、そこに内密に王太子殿下がいるとのことであった。

現在毒を盛った者は不明。調査中ということであるが、王太子殿下の立場を不安定にさせるわけにはいかないと、毒を盛られたことを知っているのはごく少数となっている。

そんな話を聞いてもいい人間に自分が含まれるなど、シェリーは思ってもみなかった。

レーベ王国では、採取者が採取したものに聖女が力を注ぎながら組み合わせることで、癒しの薬や毒消しの薬が作られる。

その他にも加護付きの武器を生み出したりもできる。

ただし、それらを生み出す為には全て聖女の力に見合った採取物がなければならない。

聖女の力が弱ければ弱いものが、強ければ強いものができるが、結局のところはそれに見合った採取物がなければ作り上げることはできない。

それとは違ってローグ王国では採取したものを魔術師が調合し、その採取物の効力を最高値まで魔術の術式によって引き上げながら、薬や毒消しを作り上げる。その為、採取物が効力の高いものでなくてもある程度の水準で薬を作れるようになっている。

また、武器だけでなく魔術具の発展も昨今は盛んになり始め、様々なものに応用がされている。

似ているようで全く異なる二つのこと。

聖なる力と魔術の力。

けれど、結局のところ一流のものを作る場合には、どちらも優秀な採取者がいなければ成り立たないのである。

「以前頼んでいたものと、今回採取を頼んでいたものでどうにかなるといいのだが」

長い石造りの離宮の廊下を歩きながら呟かれたアスラン様の声は少し動揺しており、私は自分のポシェットをぐっと握った。

魔術塔に所属してからしばらく経った頃、アスラン様から薬草や魔石の一覧を渡されて、時間はかかってもいいのでできるだけそろえてほしいと頼まれていた。

ただし、過重労働は絶対にしないようにと念を押されていた。

「ここだ。入るぞ」

「はい」

入り口のところには魔術にて封印の紋が刻まれており、一定の人間しか入ることができなくなっているようであった。

中へ入ると、そこにはベッドに横たわる男性のほかに、心配そうに見守る男性と騎士の姿があった。

横たわっているのはローグ王国王太子ジャン・ディオ・ローグ様で顔色は悪く唇は紫に変色していた。

横に控えていた男性は側近であるリード様といい、守るように立つ騎士は王太子殿下専属騎士のゲリー様。アスラン様にそう教えられ、私は二人に会釈をした後にすぐにアスラン様と共に王太子殿下の様子を見ることとなった。

リード様とゲリー様の顔色は悪く、その瞳は不安で揺れていた。

「アスラン、アスラン頼む」

「どうか、どうか王太子殿下を、王太子殿下を頼む」

二人は焦った様子で声をかける。私はそんな二人を見て、心から心配しているのだなと、王太子殿下は慕われているのだなと思った。

私は以前は基本的に採取までだった。けれどアスラン様に採取した薬草では足りない場面があるといけないから一緒に来てほしいと頼まれることがあり、赴くことがあった。

今回も、緊急事態に備えてポシェットを持ってアスラン様と共に来ているのだ。

「王太子殿下。アスランだ。診察を始めるぞ」

「あぁ……アスラン……頼む」

「まかせておけ」

二人は昔馴染みであると話は聞いており、アスラン様は静かに王太子殿下の容態を見極めていく。

普通の病気や毒であれば医者が見る。

魔術師が見るのは、基本的に重症度が高いものであり、普通の治療では治りそうもないものである。

アスラン様は王太子殿下をゆっくりと診察していきながら、その体を見て息を呑んだ。

魔術師が見る中でも最も治療が難しいと言われるものが、魔物による怪我や毒、そして何者かによる呪いであった。

「……一見毒のようだが……これは呪いだな」

「呪い!?　あ、アスラン。どういうことなのだ!?」

「王太子殿下は、王太子殿下は助かるのか!?」

リード様とゲリー様は焦った様子でそう声をあげる。

「はは。リード、ゲリー……落ち着け」

王太子殿下は気丈にそう言うが、顔色はお世辞にもいいとは言えない。

その体にはまるで文様のように紫色の花が広がっており、呪いを受けたところから毒が広がっているとアスラン様はその様子を見ながら判断したようだ。手に持っていたカバンから、机の上に様々な魔術具を並べていくと、私が事前に渡していた特殊薬草と特殊魔石を組み合わせ始めた。

「シェリー嬢。黒玉特殊魔石と沸石草《ふっせきそう》特殊薬草、それに翡翠花《ひすいか》特殊薬草はあるか？」

私のポシェットは師匠から引き継いだ魔術具であり、これまで採取したものが全てそこに保管してある。

ポシェットには後継者選択機能があり、私以外の者が使おうとしても使えない。

私は中から言われたものを取り出すと、それをアスラン様へと手渡した。

「ありがとう」

アスラン様はそれを魔術具で煎じ、そして組み合わせながら混ぜ、一つの飴玉のようなものを生み出すと、それを王太子殿下の口元へと運んだ。

そして水と共にそれを口の中へと入れると、王太子殿下は苦しげにそれを呑みこんだ。

その瞬間、花の文様は薄黒くなり消え始めたのだけれど、わき腹に一つだけ、竜の形をした文様が消えない。

「つく……これは二重に仕組まれていたか」

「どういうことなのだ……王太子殿下、どうか、どうか頑張ってください」

「王太子殿下……神よ。神よ……」

アスラン様は唇を嚙み、その形状と色、そして王太子殿下の血液から調べた呪いの正体に、顔を青ざめさせた。

「まさか……そんなはずは……これはっ……これは聖女の力を反転させた呪いだ……」

アスラン様の言葉に、私は何故という思いを抱く。

聖女の力を反転させた呪いの使用方法は、レーベ王国にある禁書にしか記されていないはずである。

それが何故……。

リード様もゲリー様も顔を青ざめさせる。

アスラン様は、唇を噛むとこぶしを握り、机をドンッと叩いた。

「これを解く為には、〝聖女の涙〟が必要だ……っく」

聖女の涙とは、聖女の流した涙というわけではない。

遥か昔、この世界を生み育んだ始まりの聖女と呼ばれる女性の故郷でしか取れない、特殊な魔石であり、あまりにも希少、あまりにも見つけられないことから幻とまで言われる素材である。

「そんなもの……そんなもの、あるわけがない……」

「くそっ。俺が、俺が代われるものならば……くそぉぉぉ」

その場にリード様は膝をつき、ゲリー様は壁を拳で打ちつけた。

アスラン様はどうにか方法がないかと、もう一度王太子殿下の様子を確認し始めた。

私はおもむろにポシェットへと手を入れると、それを取り出した。

「良かったです。使いどころがなかったので、ずっと入れっぱなしだったんですが」

「……え？」

「……は？」

「……まさか」

皆が私の手のひらにあるものへと視線を向けていた。

私はにっこりと笑って言った。

「聖女の涙、これで合っていますか？」

ポシェットから私は空色の美しく輝く聖女の涙を取り出したのであった。

特殊魔石である聖女の涙の採取をアイリーンから一度頼まれたことがあり、始まりの聖女の故郷へと行ったことがあった。

聖女の涙の採取はかなり難航し、うまくいかず、アイリーンに謝って結局届けられなかったのだ。

『はぁ、お姉様、私が欲しいって言っているのに持ってこれないなんて、もういいわ』

がっかりさせてしまったと思って、いつかまたアイリーンが必要になった時に渡そうと、それから休みや少しの合間がある時に、採取できないか何度も挑戦したのだ。

結局、聖女の生まれた故郷からは採取ができず、私なりにどうしてなのか仮説を立て、私は聖女の生まれた故郷の一番近くの豊かな森の中へと足を踏み入れた。

聖女のことが記された文献に、彼女は森を愛し、よく森に出かけ身を清めたという一文があったことから、そこを目指したのである。

採取者としての自分の経験と、そして歴史的文献をつなぎ合わせ、私は森の中にある美しい泉の近くに小さな洞窟があることに気づき、そこを探索していった。

そして洞窟の先にある地底湖にて、聖女の涙を見つけたのである。

私は嬉々として聖女の涙を採取し、一つは保存用に、もう一つはアイリーンに届けようとしたのだけれど、アイリーンはすでに聖女の涙の存在自体忘れており、結局渡すことはなかった。

その為、私は保存用にと思っていた聖女の涙は王城の研究室へと寄贈し、もう一つは自分が保存していたのである。

もしかしたらこの日の為に始まりの聖女様が導いてくれたのかもしれないなと私は思った。

「聖女の涙です。発見した際に鑑定してもらっていますから、本物です」

私がそう言って差し出すと、アスラン様は驚いたような表情を浮かべた。

「まさか……」

リード様とゲリー様は私が差し出した聖女の涙を希望の光を見るかのような瞳で見つめると、声をあげた。

「本物か!?」

「アスラン！　アスラン……これで、これがあれば、王太子殿下は、王太子殿下は助かるのか!?」

二人の言葉に、アスラン様は口角をあげると、はっきりした口調で言った。

「あぁ。絶対に助けてみせる」

「神よ……」

「シェリー嬢！　あぁあぁ。ありがとう。ありがとう。ありがとう」

そしてアスラン様は私の手を取ると真っすぐな瞳で言った。

「ありがとう。シェリー嬢のおかげで、命を助けられる」

自分が採取したものに対してお礼を言われるという経験を、私はこれまでほとんどしたことがなかった。

自分は採取するだけで、聖女のアイリーンがいなければ結局誰一人救うことができない、ただの採取者だ。

そう思って生きてきた。

「……っ。はい。もし他に必要なものがあれば言ってください」

「分かった。これより魔術式を展開する。聖女の涙を使う魔術式はかなり細かなものになる。その時に必要なものが出るかもしれない。頼むぞ」

「分かりました」

聖女の涙は全ての成分が均一なわけではない。それは他の特殊薬草や特殊魔石も同じで、同じものでも成分が多少異なることがある。そうした時に、その成分を最大限引き出せる配分も一つ一つ異なってしまうのだ。

だからこそ、魔術師の部屋には大量の採取物がある。

そして私が今はその大量の採取物を持つ人間で、アスラン様が必要だというものをすぐに出すことができる唯一の人間である。

アスラン様はカバンから巻物のような魔術式を広げると、手には魔術具のペンを持ち空中に文字を描いていく。そしてそこに聖女の涙を浮かべると、文字が聖女の涙を包み込んでいく。

「では、魔術式を展開させ構築し、呪いの解除を行う」

青白い光が部屋の中に広がり、私はアスラン様が言う薬草や魔石を次々に取り出しそれを手渡していく。

聖女の涙に吸い込まれるようにそれらは吸収され、そして渦を巻き、最終的に光を放つ宝石のような形に変化した。

白い光を帯びた聖女の涙は、美しくきらめき、そしてアスラン様は仕上げにそこに魔力を注ぎ込んでいく。

そうすることでそれは魔力と馴染み、淡い光を安定的に放つようになる。

「……できた」

アスラン様の額からは汗が流れ落ち、大きく息を吐いてからアスラン様はそれを王太子殿下の元へと持っていった。

「っは。お前も運がいい。ここに天才採取者のシェリーがいたことを感謝するといい」

王太子殿下の肩に手を置き、アスラン様は言葉を続けた。

「生きろ」

真っすぐに告げられた言葉と共に、聖女の涙は王太子殿下の体の中に吸い込まれ、そして体の内側にある呪いを包み込むと、それを打ち消し、光を放つ。

私はその光景を見つめながら、魔術とは不思議で、すごいものなのだなという驚きと、竜の形の痣が消えたことにほっと胸を撫でおろした。

先ほどまでは苦しげであった王太子殿下の呼吸音が正常に戻り、唇の色が、紫から薄紅色へと戻っていく。

体の熱が戻ってきたのか、震えていた体も今は落ち着いている。

「王太子殿下！」

「目を開けてください！」

側近のリード様と騎士のゲリー様はじっと王太子殿下を見守っている。王太子殿下の瞳がわずかに開き、口元が笑みを浮かべた。

「……ありがとう」

「今は休め」

「あぁ」

王太子殿下は目を閉じ、アスラン様は大きく息をつく。

リード様は王太子殿下とアスラン様とを視線で行ったり来たりした後にできるだけ声を抑えて言った。

「アスラン……王太子殿下は、王太子殿下の命は、これで、本当に助かったのか？」

その言葉にアスラン様はしっかりとうなずいた。

リード様は両手で顔を覆うと、ゆっくりと息を吐き、近くにあった椅子に腰かけると、前かがみになった。

ゲリー様は口元をわなわなと震わせると、アスラン様の手を両手で握り、声をあげた。

「感謝する。アスラン。王太子殿下の命を助けてくれて、心から感謝する」

アスラン様はゲリー様の肩を強めにパンパンと叩く。それから、脱力するかのように椅子に座っていたリード様に言った。

「リード。後は任せたぞ」

リード様は唇をぐっと噛み、泣くのを堪えているのか顔をあげると、アスラン様に頭を下げた。

「助かった。お前が魔術師になってくれて、今ほど感謝したことはない」

「そうだろう。っふ。文官にならなくて良かっただろう？」

「あぁ！　お前の言うとおりだった」

「ではな。ゲリー。お前も自分を責めるのはやめてしっかりしろ」

そう言われたゲリー様は背筋を伸ばし、大きくうなずいた。

「あぁ。アスラン、それにシェリー嬢。王太子殿下の命を救っていただき、感謝する。この恩はいずれ返す」

「シェリー嬢。本当にありがとうございます」

二人にそう言われ、私は、助けられてよかったなとそう思った。

王太子殿下は寝息を立て始め、リード様とゲリー様はそちらへと視線を向けると目頭をぬぐうように手で押さえた。

「では、我々は一度魔術塔へと戻る。王太子殿下をよろしく頼むぞ」

二人はこちらへと視線を向けるとうなずく。

「本当に、ありがとう。アスラン、シェリー嬢……本当にありがとう」

「感謝してもしきれん。王太子殿下が助かって……本当によかった」

「いえ、私ではなくアスラン様のおかげですので」

私がそう言うと、リード様とゲリー様は首を横に振った。

「二人のおかげだ」

「その通りだ。この礼は改めてさせてくれ」

私はそうだろうかと思いながらも小さくうなずき、アスラン様に促されて部屋を出た。

本当にそうだろうか。

私は採取しただけで、全てはアスラン様のおかげだと私は思っている。

しばらく廊下を進んだのちに、アスラン様は角のあるところで隠れるように壁にもたれかかると、その場に座り込んだ。

体の力が抜けたのか、がっくりと項垂《うなだ》れて、息をついている。

「大丈夫ですか？」

私が慌てて声をかけると、大きく深呼吸をしてからアスラン様はうなずいた。

「すまない……はぁ。緊張の糸が切れた」

全神経を集中させて、扱いの難しい聖女の涙を使ったのだ。体力も精神力も削られているであろうから、疲れるはずである。

「少しだけ、待ってくれるか」

「はい」

私はアスラン様の横に座ったのであった。

それからしばらく経ち、落ち着いたアスラン様は小さく息をつくと言った。

「私達は幼馴染でな、志を同じくして、国をよくする為にとこの国で学んできたのだ。それなのに、王太子殿下は呪いなど……はぁ。とにかく命が助かってよかった。シェリー嬢。君のおかげだ。本当に感謝する」

そう言うとアスラン様は立ち上がる。そして私に手を伸ばすと、立たせてくれた。

アスラン様の手は大きくて、なんだか、何度か手を引かれたことがあるのに、今になってその手が触れることにドキドキとしてしまう自分がいた。

「役に立てたなら、良かったです」

私がそう言うと、アスラン様は優しい笑みを浮かべた。

「君の遠慮がちなところは魅力ではあるが、もう少し傲慢になってもいいのではとも思う。公にはならないが、君は確かに今日、王太子殿下の命を救ったのだ。この国にとって将来王太子殿下は必要不可欠な存在となる。その命を君は、救ってくれたのだ」

アスラン様はそう言って、ぎゅっと私の手を両手で握り、頭を下げた。

「本当に感謝する。王太子殿下を、いや、友を救ってくれたことに心より君に感謝する。ありがとう」

私はただの採取者で、採取したものを提供しただけだ。

そう、これまでは思ってきた。

すごいのは聖女アイリーンで、私はただそれに必要なものを取って来ただけの存在。

けれど、アスラン様は私に感謝を伝えてくれる。

リード様やゲリー様も私に向かってお礼を言ってくれた。

ありがとうと言ってくれた。

それがどれほど嬉しいか、きっと私以外の人にはこの胸の中にうずく喜びが分からないだろう。

「お礼に何でも言ってくれ。公にはできないので王国より勲章は出せないが聖女の涙に匹敵する特別手当は出そう。さぁ、とにかくそれとは別だ。君の願いを叶えられるものは全て叶えよう」

私は太っ腹だなと思いながら、アスラン様も疲れているのにと苦笑を浮かべた。

「大丈夫ですよ。だって私はアスラン様専属の採取者ですから、力になるのは当たり前で」

「違うぞ」

「え？」

「当たり前ではない。君が私の採取者になってくれたことは私にとってなんと幸運なことか。君がいてくれて、私は心から嬉しいのだ。さぁ！　言ってくれ」

そう言われ、私はどうしようかと思いながらも、今日はさすがにアスラン様の体調を優先したいという思いがあった。

「なら……あの、今度の私の休みの日に、よかったら、街を案内していただけませんか？　まだローグ王国の街中を散策したことがないので」

そう伝えると、アスラン様はすぐにうなずいた。

「喜んで」

「よかった！　じゃあ次のお休み、楽しみにしていますね？」

「あぁ。私も有休を使うので、二人で楽しもう」

「はい！」

私は元気よく返事をその時はして、今度の休みが楽しみだなぁと胸を高鳴らせた。

しかし、夜になってふと気づいた。

二人きりである。

休みの日に街の散策である。

それは、誰がどう見てもデートであろう。

私は無意識に、アスラン様を自分からデートに誘っていたという事実に気がつき、恥ずかしさからベッドの上でのたうち回った。

ふわふわのベッドの上で私はごろごろと転がり回った。

「はぁぁぁぁ。どうしよう。アスラン様、変に思っていないかしら」

好きでもない人間からデートに誘われて嬉しいと思う男性はいないだろう。

そう思い、私は何故気づかなかったのかと自分を責め立てる。あれは冗談でしたと言って断った方がいいだろうかとも思うけれど、アスラン様のことだから、それではお礼を回避することはできなそうである。

「あぁぁあぁ。私ってばかばかばかばかあぁぁ」

私はベッドの上でのたうち回った後に起き上がり、部屋を見渡した。

白と可愛らしいお花の文様を基調とした部屋は、女の子の理想が詰まっているような雰囲気で、今まで部屋の家具やベッドやカーテンなど気を遣うことすらできなかった私にとっては、夢のようなお部屋であった。

「こんな素敵な部屋に、美味しいご飯、あったかいお風呂……ここは天国みたい」

本当に幸せをアスラン様にもらいすぎている。

なのにデートまで。

「わぁぁぁぁぁん。私、私……幸せすぎて死ぬかもしれない」

なんだかんだ、アスラン様とのデートが楽しみでしょうがない私は、しばらくしてハッとした。

「……服……」

可愛らしい洋服なんて一着も持っていない。

持っているのは動きやすい服、寒くない服、水を通さない服。つまり、採取者として動きやすくて使いやすいものばかりである。

「靴も……ない」

持っているのはブーツ。岩山だろうと泥濘《ぬかるみ》だろうとこのブーツさえあれば大丈夫だけれど、デートには、普通は、履かないだろう。

私は静かに、枕を抱きしめた。

「断ろう……」

さすがに無理だろう。次の休みまで、服を買えるような休みもないし、それになによりどこで買えばいいのかも分からない。

今までおしゃれをしたことなど一度もなく、アイリーンが神殿で作ってもらったドレスを着ているのを見る度に、可愛いなと思っていただけで、自分が着るものとは思ってもみなかった。

買い物はもっぱら採取に必要な道具が中心で、可愛いものはピン一つ買ったことがない。

女として終わっている。

そんなことを自分自身に対して思って、私は枕をぎゅっと潰すように抱きしめた。

可愛いものが嫌いなわけではない。どちらかと言えば白くてふわふわしているものや、花だって好きだし、ひらひらしたものも好きだ。

ただ、自分にはこれまで縁のないものだった。

昔、両親がまだ生きていた頃に可愛いヘアピンをねだったことがあった。

いつもはアイリーンのものばかり買っていたからと、お母さんがたまには貴方にも買ってあげなきゃねと、買ってくれた。

キラキラとした石のついたヘアピンはとても可愛らしくて、私は宝物だと思って、大切に使っていた。

けれど、ある日アイリーンが私のそれを見て、欲しいとねだった。

だめだと言ったら泣いてしまって、お母さんとお父さんに、お姉さんなんだから譲ってあげなさいと言われた。

でも、私にとってはたった一つの宝物だったから嫌だって思ったけれど、アイリーンが泣きわめいて両親に怒鳴られて、結局貸してあげた。

そう。あげたんじゃなくて、貸しただけのつもりだったけれど、その日の夕方、アイリーンはヘアピンを壊して帰ってきた。

キラキラと光っていた石は取れていて、直そうとしたけれど無理だった。

「だってそれ、髪につけてもすぐずれていらいらして、ふんずけたら砕けちゃったの。お姉様には似合ってなかったし、別にいいでしょ」

「アイリーン……私、これ、貸しただけだったのに、貸したものを壊したらだめでしょう？」

「何よ！　私が悪いの!?　お姉様っていじわるね！」

「あのね、違うでしょう？　自分が悪かったら、ちゃんと謝らないと」

そう伝えた途端、アイリーンは叫ぶように泣き始めた。

「お姉ちゃんなのに、どうして怒るの!?」

「お前はアイリーンのことが可愛くないのか!?　妹は大切にしなければいけないだろう！」

両親から私は怒られて、結局ヘアピンのことはそのまま謝られることもなかった。

あれから、私は可愛らしいものを欲しいと思わなくなったのだ。

壊されてしまったら嫌だから。

「せめて、ヘアピンだけでも……仕事の帰りに買おうかな」

私は、鏡の前に移動すると、髪につけるピンを明日買おうと、意気込んだのであった。

王太子殿下はその後体力を回復し、無事に他者に気づかれることなく王城へと戻ることができたようだ。

私はそれを聞いて安心し、結局呪いを王太子殿下へと向けたのは誰だったのだろうかと疑問には思ったけれど、それは私には手を出していい事柄ではないので胸の内にしまったのであった。

私は朝目が覚めると支度を済ませて一度魔術塔へと向かい挨拶をし、アスラン様から依頼されている一覧の中から、季節、気温、天気に合わせて採取しやすいものを優先的に決める。そして採取地へと向かい、採取する。そしてそれが終わると魔術塔へと帰り、その日の報告をして帰るという流れになっている。

ただ、採取するものによっては明け方や真夜中というものもあるので、そうした時には申請書を出し、採取しに向かうのだ。

アスラン様は安全面に十分に気を付けるようにと、私に緊急用の腕輪型の転送魔術具を持たせてくれた。かなりの高級品のしかも使い捨て魔術具なので、本当に緊急以外には使えないなと私は思った。

そして私は勤務時間が終わるといつもはアスラン様と一緒に屋敷へと帰るのだけれど、今日は少し街に寄りたいのでと伝えた。

「買いたいものがあるので、先に帰っていていただけますか？」

なんだか最近一緒に行き帰りしているので、変な気分だなと思っているとアスラン様が首を傾げた。

「何か必要なものでも？　それならば私も付き合おう」

「え？　あ、でも大したものではないので」

お出かけの為のヘアピンを買いに行きたいなんて、恥ずかしくて言えない。もしも店が開いていたら洋服とかも買えたらいいな、なんてことも言えない。

すごくお出かけを楽しみにしていると思われたくない。恥ずかしい。

私達のやり取りを聞いていた三人は、にやにやとしながら楽しそうに会話に入ってきた。

「アスラン様ったら、本当にシェリーちゃんには優しいですねぇ～」

「僕達にもその十分の一くらい優しくしてほしい」

「あぁ～たしかにぃ。いや、でも男に優しくするのはちょっとねぇ～」

三人の言葉にアスラン様はため息をつくと言った。

「シェリー嬢は君達と違ってきちんと仕事をこなすからな。発破をかけなければ仕事ではなく研究ばかりになる君達とは根本から違う」

その言葉に三人は机の上に山積みになっている仕事を手に取った。

「いやぁだなぁ。ちゃんと仕事してますよぉ？」

「そ、そうですよ。ははは。忙しいな。今日は残業かな」

「ああそうだなぁ。って、あれ、これってぇ、締め切り……わぁぁぁぁ」

三人はバタバタと残っている仕事を始め、アスラン様はため息をつくと言った。

「遅くまで残るなよ。はぁ。君達の能力があればちゃんと時間内に終わるはずなんだがな」

基本的に魔術塔はクリーンな職場であった。勤務体系はアスラン様が魔術塔長になった時点で改善されたそうで、人間はちゃんと寝てちゃんと食事をとらなければ正常な思考はできなくなるという考えから、働きやすい職場にしたらしい。

課せられた仕事が終わればきっちり定時で帰れる。ただし、仕事ではなく趣味に走って研究に集中してしまう者もおり、そうした人達はたまに残業をしていた。

三人は頻繁に残業しており、アスラン様は定期的に三人にお小言を言っているので、なんだかお母さんみたいだなと思ってしまう。

「アスラン様は大変ですねぇ」

そう告げるとアスラン様は大きくため息をついた。

「魔術師とは基本的に没頭すると集中力がすさまじい生き物だ。けれどそうしていくうちに寝ることも食べることもおろそかにしがちでね、それでは正常な思考を抱けるわけもない。なので、管理職はそれを見守ることも必要なのだ」

「なるほど。大事な役割ですね。では、アスラン様。私は少し寄り道をして帰りますので、これで失礼いたします」

「あぁ……もしや、ついてきてほしくないということか？」

一瞬、しょぼんとアスラン様がいじけたように見えた。

私は慌てて首を横に振った。

「ま、まさか！　ついてきてほしくないのではなくて……ただ、恥ずかしくて……」

「……っ！　そうか。なるほど、男性が一緒では行きにくい場所もあるか」

「え？　えっと、いえ、そういう意味ではありません」

「？」

私は結局誤解を生むよりはいいか、恥ずかしいけれど仕方がないと口を開いた。

「あの、お出かけ用の服とか持っていないので……それをこっそり見に行こうかと、思いまして……今度アスラン様とのお出かけに……着たくて」

最初はヘアピンだけでもと思ったけれど、こうなった以上、洋服なども欲しくて見るつもりだったと白状した方がいいだろう。

私がそう言うと、アスラン様は表情をほころばせた。

「ならば、私が店を案内しよう」

「いいのですか？」

アスラン様とお出かけをする為の買い物……。これは良いのだろうかと、私は考えるのであった。

ただ、すでに夕暮れを迎えており、開いている店は限られているだろう。

そう思っていると、アスラン様は少し考えてから口を開いた。

「この時間になると、どちらかというと飲み屋の方が賑わい、装飾店や衣類店は閉まっていくのだが、知り合いに、洋服や小物を扱う店を営む者がいる。そこを見に行くのはどうだろうか」

まだまだ街のどこに何があるのかなど把握していなかったので、そう言ってもらえる方がありがたいと私は大きくうなずいた。

「嬉しいです。全然お店とか分からないので」

「うむ。では行こうか」

「あ、はい」

さりげなくエスコートの為に差し出された手に、こうした扱いに慣れていない私はいつも戸惑ってしまう。

一緒に帰る時などアスラン様はいつも自分を女性扱いしてくれるのだけれど、まだまだ慣れない。

アスラン様は馬車を用意してくれて、私達は共に屋敷から馬車に揺られて街へと向かった。

街灯に明かりが灯り始め、街には肉を焼く匂いや人々の楽しげな笑い声が響いていた。

こんなに賑わっている夜の街に出るのは初めてで、私は少し緊張しながらその様子を窓から見つめた。

「ここで降りよう」

「あ、はい」

賑わっている街の路肩で私達は馬車を降りて歩き始めた。

空が暗くなってきているのに、街は明るくて、その賑わいに私は少しだけ心臓がドキドキとした。

お酒を飲み始めた人々の陽気な声や、たまに歌声なども聞こえてきた。

「夜の街を歩くのは、初めてかもです。その、行きつけの酒場は田舎の小さなところなので、なんというか、華やかですねぇ」

そう伝えると、アスラン様はそうだったと思い出したかのように言った。

「早めにシェリー嬢行きつけの酒場にも行かないとな。あの時は緊急事態とはいえ、プライベートな時間に申し訳なかった」

「あ、いえ。そうですね。今度一緒に行った時にはおすすめのメニューを教えますね」

「楽しみだ。着いたぞ。ここだ」

「ここですか？」

表には看板などは一切なく、店には明かりは点いているようだがカーテンは閉まっていた。やっているのだろうかと思うけれど、アスラン様はドアをすぐに開けて中へと入っていく。

私は慌ててその後ろについていった。

「わぁぁ」

お店の中はおしゃれな雰囲気で、ガラス細工のライトがお店の雰囲気をさらに素敵に彩っていた。

「おう。珍しいなアスラン」

店主は金色の髪に赤と青のメッシュを入れており、丸眼鏡をつけている。洋服の着こなしもおしゃれであった。

「あぁ。今日は彼女の洋服と小物が見たくてな。店を見てもいいか？　シェリー嬢。この店の店主のライダーだ。ライダー、彼女は私専属の採取者のシェリー嬢だ」

アスラン様がそう言った瞬間、ライダー様は目を大きく見開き輝かせた。

「シェリー嬢ってあの天才採取者のシェリー嬢か!? わぁぁ。嬉しいなぁ。あ、そうだ。もし、もしでいいんだが、欲しい魔石があって」

「ライダー。今日は客だ。もし商談を持ちかけたいなら、彼女は魔術塔所属なのでそこを通してくれ」

「げ……、っく。分かったよ。とにかくシェリー嬢、いや、シェリーちゃんって呼んでもいいかな？ 俺のこともライダーって呼んでくれ」

「え？ あ、はい。ライダー……様？」

「可愛い！ え？ 何、めっちゃ磨けば光る原石！！！ 可愛いなぁ！ 今日は何を見に来たの？ えぇ～。じゃあお近づきのしるしに今日は俺がプレゼントしちゃうよ？」

「断る。シェリー嬢。私が買うので、ライダーに買ってもらう必要はない」

「え？ え？」

私は何故か二人の間で火花が散り始めたのを見て慌てて言った。

「あの、私、その、少しですけれど自分のお金を持ってきているので！ 大丈夫です！」

そう言って財布を取り出したのだけれど、実のところその財布もボロボロで、私は恥ずかしくなってさっと隠した。

それを見たライダー様は何故か瞳をウルウルさせた。

「ちょっと待って、なんか心に来た。ちょっと、うん。とにかくお金は後で！　お願いだから原石を磨かせてくれ！　さぁ！　まずはシェリーちゃんの好みを教えて。どんなものが好きで、どんなものがあまり好みではないか、それを教えてほしい！」

瞳をキラキラとさせながらそう言われ、私は、どう答えたらいいのだろうかと、口を開けて固まってしまった。

「あ……」

何が好きか。

私は採取者としての買い物は基本的に実用重視であって、好みどうのこうのではなくて、よくよく考えてみれば、どんなものを自分が好きなのかが分からない。

それが恥ずかしくて、私は手をぎゅっと握って固まってしまった。

アスラン様は、そんな私の手を取ると、店に並んでいる小物のところへ移動して指をさした。

「私は女性ものにはあまり詳しくはないのだけれど、こうしたものをシェリー嬢がつけていると可愛いのだろうなと思う」

それはヘアピンで、可愛らしいガラス細工の蝶が付いており、キラキラとしていてとても可愛かった。

アスラン様はそれを手に取ると私の髪の毛にあてがってみて、楽しそうに笑った。

「ほら、良く似合う」

胸の中にしまっていた、宝物のヘアピンの苦い思い出が過《よぎ》っていく。

私は、アスラン様に笑みを返すとうなずいた。

「可愛いです。ふふふ。アスラン様に選んでもらえるなんて、光栄ですね」

「そうか？　ライダーの店は品ぞろえがいい。色々見てみて、シェリー嬢がいいなと思うものを教えてほしい」

私はうなずき、ライダー様の方を振り返ると言った。

「お店、見てもいいですか？　あまり自分の好みが分からなくて」

正直に言うとライダー様は大きくうなずいて、それから店の中を指さした。

「そっちには小物が、奥の方にはバッグとか、反対側には洋服が置いてあるので、好きに見て。ははは。アスランの笑顔なんて珍しいものを見て、心臓がばくばくしてるぜ」

ライダー様は胸を押さえてふぅーっと大きく息をついており、そんなにアスラン様の笑顔は珍しいのかと首を傾げたくなった。

結構笑う人だなという印象だったので、不思議だ。

その後、私はアスラン様と一緒に店内を見て回った。可愛らしいものはたくさんあって、やっぱり私は自分がどれが好きというのがあまり分からなくて、ちらりとアスラン様の視線を探ってしまう自分がいた。

「シェリー嬢。別に今日無理に選ぶ必要はない。自分の好みのものが見つかるまで、ゆっくり探せばいい」

その言葉に、私は胸の中がドキリとした。

多分アスラン様は私が戸惑っていることに気づいてくれて、それで私が選べるように待ってくれているのだ。

「ありがとうございます……」

「だが、せっかくだ。今度一緒に出かける時の洋服一式とアクセサリーはプレゼントさせてくれ。この前突然仕事に巻き込んでしまったから、その礼だと思ってくれ」

「え？　でも」

戸惑っている私に、店の椅子に腰をかけてこちらを見守っていたライダー様は楽しげに言った。

「シェリーちゃん。男のプレゼントは笑顔で受け取っておくといい。大丈夫。さっき俺も急に好みとか振ってしまって戸惑わせてしまったから、割引しておくよ」

ウィンクされながらそう言われ、私は笑いながらうなずいてしまった。

アスラン様とライダー様は仲がいいのだろう。その後は私のことをじっと見つめながらどの服が似合うだろうかと、お互いに服を出し合ったり、私に選ばせてくれたり、楽しい時間を過ごすことができた。

人と一緒に買い物をすることも初めてで、私はこんなに楽しいのだなと思ったのであった。

アスラン様から買っていただいた可愛らしい洋服を、部屋のハンガーへとかけ、それを私は見つめながら、感嘆のため息を漏らした。

全部可愛い。

今まで可愛らしい洋服なんて贅沢品であり、お金もなく、そして欲しいと思うこともなかった。

しかもそれを買ってくれたのがアスラン様というのも、私の心を浮足立たせた。

「私の為に、選んでくれたもの……はぁぁ。だめだ。顔がにやにやしちゃう」

早く着て用意をしなければいけないという気持ちもあるのだけれど、眺めているだけでお腹いっぱいになり、なかなか着替えるところまで行きつかない。

これではダメだと、私は意を決すると、ゆっくりと丁寧に洋服を着てみた。

まるで羽のように軽い生地だ。これまで着てきた洋服はどちらかと言えば防御や防寒具の役割を果たす観点からずっしりと重たいものばかりであった。

それが、くるりと回ればふわりとスカートが花が咲くようにして開く。

私はそのあまりの軽さから、思わずジャンプをしてそのまま勢いよく後ろへと回転をかけて着地してみた。

いつもよりも高く跳べて、動きやすい。

「わぁ。軽い」

部屋の大きな鏡の前に移動すると、真新しいワンピースを着て、静かにポーズを決めたり、くるりと回ったりして、おかしくないかチェックをした。

白いワンピースの腰元にはリボンが付いており、少し可愛らしすぎないかと思ったけれど、上に淡いサーモンピンクの羽織を着ることで、ちょっと落ち着いた雰囲気になったと思う。

その時、部屋のドアがノックされ、私はびくりとすると、屋敷で働いている侍女さんが姿をのぞかせた。

「シェリーお嬢様。あの、少しよろしいですか？」

「はい！　……何か、ありましたか？」

私が首を傾げると、女性は手に大きめのカバンを持っており、部屋に入ってくると言った。

「今日、アスラン様とのデートですよね？　よければ、私に化粧をさせてもらえませんか？」

「へ？　け、化粧ですか？　あ、あの、私したことがなくて」

確かにお出かけをするならば化粧をした方がいいかもしれない。けれど生まれて二十二年、私は恥ずかしながら化粧をしたことがなかった。

「嫌でなかったら、どうでしょうか？　あの、ずっと思っていたんです！　シェリーお嬢様はとても可愛らしいから、きっとお化粧したらさらに可愛くなるだろうなって！　ですからお願いします！」

私は頭を下げられて慌てて答えた。

「そんな。頭をあげてください！　あの、してもらえるなら嬉しいです。こここ、こちらこそよろしくお願いします！」

私達は頭を下げ合った後に笑い合い、そして私はその女性に化粧をしてもらえることになった。

彼女の名前はマリアで、年は十九歳。お化粧やおしゃれが大好きなのだと話をしてくれた。

彼女が持ってきたカバンの中には様々な化粧品が入っており、それを机の上へと並べていく。

一つ一つがキラキラとして見え、とても可愛らしいデザインをしている。

「可愛らしいですね」

そう言うと、マリアさんは嬉しそうに瞳を輝かせた。

「そうなんです。私、化粧品を集めるのが趣味で、可愛いですよね。さぁ、これを使ってシェリーお嬢様をさらに可愛くしていきますよ！　あ、髪もセットしていいですか？」

「え？　嬉しいです！　ありがとうございます」

「いえいえ。私こそありがとうございます！」

少し鼻息荒くマリアさんはそう言い、私は可愛くなれるだろうかと、どきどきした。

私はすぐに化粧品を顔に塗られるのだと思っていたけれど、マリアさんが始めたのはまずは化粧の下準備からであり、化粧ってすぐに塗るのではないのだと、そこから私は驚いた。

顔を優しくマッサージされたあと、顔に化粧水から順番に施されていく。

それだけでも気持ちがいい。

「私、化粧するの初めてなので、なんだかドキドキします」

そう伝えると、マリアさんは嬉しそうに微笑みを浮かべた。

「腕が鳴ります。絶対に可愛くなりますよ」

「そうなら、いいのですが」

世の中の女性が可愛らしくてキラキラとしているのは、このような努力をしているからなのだと知った。

「世の中の女性はすごいです」

私が思わずそう言うと、マリアさんは言った。

「そうですね。可愛くなる努力というのは、楽しいものですから、シェリーお嬢様もこれから知っていってほしいです」

「はい」

私も可愛くなれるのだろうかという疑問は胸に残るものの、マリアさんは手を動かし続ける。

「髪には、このヘアピンを付けますか？」

準備してあったアスラン様に買ってもらったヘアピンを指さされ、私はうなずいた。

「はい……アスラン様からいただいたのです」

「わぁ！　あのアスラン様が……ふふふ。了解です。では髪もセットしていきますね！」

マリアさんは髪を優しくとかしてくれた。そして可愛らしく髪を編み込み、セットしてくれる。

そして嬉しそうに言った。

「さぁできました。どうですか?」

私は鏡に映った自分を見て、目を瞬かせた。

「え? 誰……」

本当にそう言っても過言ではないくらいに違って見えた。

鏡に映る自分はまるでどこかのお嬢さんのようで、採取をしている時の埃と土にまみれた自分とは全くの別人で……。

「はぁぁぁ。とっても可愛いです! アスラン様の反応が楽しみですね」

マリアさんはうきうきとした様子でそう言い、その言葉に、確かに今の自分なら堂々とアスラン様の横を歩けそうだと思った。

いつもの採取者としての装いも嫌いではないけれど、たまにはこうして普通の女の子のようにおしゃれをするというのも良いななんて思う。

そして時計の針はそろそろ予定の時刻を指しており、私はカバンを持つと、もう一度鏡の前でチェックをした。

先ほどよりも遥かに可愛らしくなっている自分に、私は自分で感動してしまう。

「マリアさん! 本当にありがとうございます」

「いえいえ。ふふふ。可愛らしいです。シェリーお嬢様。楽しんできてくださいね」

「ありがとう。マリアさん。本当にありがとう！　行ってきます！」

「いってらっしゃいませ」

私は部屋を出ると、階下でアスラン様が既に待っていることに気づき、慌てて階段を下りた。

「アスラン様！　お待たせしてしまい、すみません！」

初めて履いたおしゃれなリボンのついた可愛らしい靴にはヒールはついていない。

アスラン様が初めてのお出かけで靴擦れをしたらいけないと歩きやすいものを選んでくれたのである。

「いや、待っていないから、大丈夫だ……あ……」

顔をあげたアスラン様と視線が合い、私は恥ずかしさから視線を彷徨わせた後に、髪を耳にかけ直し、そして尋ねた。

「あの……似合っているでしょうか？」

心臓がうるさいくらいに鳴っている。

マリアさんのおかげでいつもの十倍くらい見た目がよくなっているのではないかと思う。

そう思ったのだけれど返事がなくて、緊張しながらアスラン様を見つめると、彼は口元を手で覆い、そして視線を逸らして固まっていた。

耳が真っ赤になっていて、どうしたのだろうかと思っていると、アスラン様が小さく息を吐いてから、私の方へと真っすぐに視線を向けた。

「すまない……自分の中の感情が初めてのものばかりで、処理に時間がかかった」

「え？」

「とても可愛らしい。うむ。私が出会ってきた女性の中で君は最も可愛らしいと思う」

「へ？」

真っすぐにそう言われ、私はアスラン様に差し出された手を取った。

「行こうか」

「は、はい」

心臓がうるさい。

握られた手も熱い。

手汗をかいてしまったらどうしようかとその時になって思い始め、どうにかこう、手汗を止める方法はないだろうかと私は思った。

私達は手をつないで馬車へと向かって歩き、そして初めてのデートに旅立ったのであった。

そんな二人を見守っていた使用人一同は出立と同時に声をあげた。

「あの、あのアスラン様が笑顔で照れて！　初恋ですね！　甘いですねぇエェェ！」

「本当に、砂糖が、砂糖吐くかと思いましたよ」

「シェリーお嬢様も大変可愛らしい！　あぁぁ。私どもはいつも平静を装わなければならない立場なのが口惜しい！　できることならば、全力で二人の恋を応援したい！」

レイブンさんはそんな使用人達の様子に苦笑を浮かべ、それから手を叩くと、仕事に戻るように促したのであった。

「ついに春が来ましたか。さてさて、これからが楽しみですねぇ」

屋敷の中は、二人には気づかれないように恋の応援ムードになっていたのであった。

アスラン様と一緒にまず向かったのは街の大通りであった。

そこは赤レンガ造りの道で、店は外からでもなんの店なのか分かるように大きな窓がつけられており、そこに店一押しの商品が並んでいる。

レーベ王国に住んでいた頃は、時間的余裕も金銭的余裕もなく、その上神殿の使用人部屋に住んでいたので、そこから街に向かうのも億劫で、結局街中を見て回ることもしたことがなかった。

だからこそ、こうやって街中を散策できるというだけでも、とても気持ちが高揚した。

「せっかくだから、観光がてら街を回ろう。私もあまり観光はしたことがないが、昨日ライダーに街のおすすめスポットというものを聞いた。そこも回ってみよう」

「はい！」

アスラン様はカバンから魔術具の紙とペンを取り出すと、自分の頭にトントンとペン先を軽く当てた。

するとペンから文字が空中へと溢れ出し、それが紙へと光を伴って収まっていく。

「地図にしてみた。どうだろうか。君が行ってみたい場所はあるか？」

「見てもいいですか？」

「もちろんだ」

アスラン様から紙を受け取ると、地図の上にはおすすめスポットが描かれており、そして指で触ると、その説明が空中へと浮かび上がった。

魔術具とは不思議なものだなと改めて思いながら、私はそれをじっと見て、そしてアスラン様に言った。

「ありがとうございます。覚えられました」

「ん？　覚えた？」

私はうなずくと、アスラン様に言った。

「これは絶対に見たいというところはありますか？　おそらく全部回るのは難しいので、数か所にポイントを絞った方がいいかと」

「なるほど。確かにその通りだ」

アスラン様が持っている紙に私は指をなぞらせる。

「私達がいる場所が現在ここ。そして今の時刻がおおよそ朝の十時半、そして帰宅時間を五時と想定した場合、移動時間を含めると回れる場所が変わるかと。まずはどこに行きたいのか上位三番目まで決めましょう」

「了解した。では本日は買い物と昼食の時間も含めてあまり遠いところはやめよう」

「そうですね。場所を絞って、今回はこの近辺で一番近い場所、『ここ』と『ここ』と『ここ』を回り、あとは買い物と食事の時間に充てるのはどうでしょう」

「良い考えだ。それであれば時間も余裕があり、かつじっくりと見て回れそうだ」

私達は笑顔でうなずき合うと、一緒に街中を歩き始めた。

思わず合理的に決めてしまったけれど、デートとはこれでいいのだろうかという考えが頭を過った。

街を歩く恋人達はどのように決めているのだろうなんて考えを抱き、私は慌てて頭を振った。

「シェリー嬢？　どうかしたのか？」

「あ、なんでもないです！」

デート気分だということをアスラン様に知られたくない。

恥ずかしすぎる。

先ほど地図を見たのですでに街の地形と店に関しては記憶したけれど、実際に街を見て歩きながらその情報と見たものとをすり合わせていく。

ふと視線を感じてアスラン様へと視線を向けると、優しげに微笑みを浮かべていた。

「君は記憶力が相当いいようだな」

「え？　そう、ですか？　そんなことはないと思います」

「今も迷いなく歩いている。私はこれまで幾人もの採取者を見てきたけれど、君はやはり別格な印象がある」

そう言われても、あまり他の採取者と共に行動したことがなかったので、私は首を傾げてしまう。

「いつも師匠様には怒られてばかりだったので、そんなことはないかと」

「ほう。君の師匠か。気になるところだ」

「今まで一緒に過ごしてきた人達の中で、一番の変わり者には違いありません」

「ふっ。君にそう言わせるとは相当だな」

「ええ。ただ採取者としての腕はすごく、私は師匠を尊敬しています」

「良い師匠だったのだな」

「はい。あ、アスラン様！　第一の目的の時計塔が見えてきました！」

私は見えてきた時計塔を見上げ、その大きさに驚きながら、美しいなぁとそう思った。

巨大な時計塔は中にも入れるようで、私とアスラン様は共に階段を上っていく。

結構な高さなので階段の数も多く、途中途中に休憩用の椅子が設置されており、そこで休憩をしながら上るようだ。

私とアスラン様は、階段を上りながらなかなかに素晴らしい時計塔だなという話で盛り上がっていた。

「この時計塔はすでに作られてから七十年が経つらしいですが、見てください！　この石壁は魔石を間に挟むことで強度を増しています」

「本当だな。おそらく他の普通に見えるレンガにも、魔石の粉末が練りこまれているのではないだろうか」

「なるほど……一度一つ持って帰って成分を調べてみたいですね」

「あぁ。そうだな……今度この塔を管理しているところにかけ合ってみよう」

「よろしくお願いします」

階段を上りながら話題は広がり、いつの間にか魔石の種類や地域によって同じ魔石であってもどうして効力や成分に差があるのか、地域によって何が違うのかなど話し始めた。

師匠は基本的に自分の世界にいる人だったので、こんなに魔石や薬草の話を共有できた人は初めてであった。

アスラン様はすごいなと思いながらその知識量に感服した。

そして、気がつけば塔の最上階についていたのである。

他にも何人か人がいるのだが、皆が息を荒くし、疲れたと近くにあった椅子に腰を下ろしていた。

そんなに大変だっただろうかと思いながら、私とアスラン様は街を見下ろした。

「結構高いですねぇ」

「そうだな。シェリー嬢、見てくれ。この鐘は……もしや」

そう言われて私は鐘へと視線を移して驚いた。

「これ、すごいですね。もしや、紅玉《こうぎょく》特殊魔石の、しかも純度の高いもの……ですか？」

「あぁ……これほどのものは、なかなかお目にかかれるものではない。まさかこんなものが街の中心にあるとは……」

「本当ですね」

椅子に腰かけ、他の方々が外を見つめて良い雰囲気になってきたのに対して、私達は街ではなく鐘を見つめながら感動を分かち合っていた。

「これを採取するには、かなり道具が必要なはずです。一人では採取が難しいですよね」

「あぁ。その通りだ。おそらくかなりの人数が必要だっただろう。重量もありそうだ」

私はそんな会話をしながら、やはりアスラン様とのお出かけはとても楽しいなと心が弾むのを感じたのであった。

私達はその後も街を見て回り、昼食をとる為に食事処へと入ることにした。

「何にしましょうか」

「ふむ。やはりシェリー嬢にはこの国を知ってもらいたいので、名産品が食べられる店がいいだろう」

「名産品ですか？」

アスラン様は少し考えると、道の奥を指さした。

「この先に、大きな老舗の食堂がある。洒落た店ではないが、そこは料理も美味いし、地元料理の店だから、どうだろうか？」

「はい！　嬉しいです」

「では、そこへ行こう」

店の前には年季の入った暖簾がかけられており、外からでも雰囲気はすごく良い感じがした。

中へと入ると結構大きな店であり、そこにはたくさんの人がいた。美味しそうな香りがして、人々の笑い声が聞こえた。

「メニューはそこにある。せっかくだから、ローグ王国名産ランチとかはどうだ？」

「なんと分かりやすい。それにします」

「うむ。私もそうしよう」

アスラン様が料理を注文してくれて、私はそわそわと店の中を見回した。

天井は吹き抜けとなっていて、とても雰囲気がいい。

「いい店ですね」

「あぁ。昔からある、古い店だからな。旅人はよくここへ来るものだ」

確かに辺りを見回してみれば、旅人が多いのか、荷物を持った人の割合が多い気がする。

「はい。おまたせ。どうぞ召し上がれ」

店員さんが料理を持ってくると、机へと並べた。

結構な量があり、メインは肉料理であった。ローグ王国では、珍しい黒色牛が育てられているようで、それが最高に美味しいのだという。

私は驚いていると、アスラン様が言った。

「小鉢に入っているのは、田舎料理の添え物だが、なかなかに味がいいんだ」

「そうなのですか？」

「あぁ。ではいただこう」

「はい！」

私はフォークを手に取ると、口へと運び始めた。そして、一口食べる度に、幸せな気持ちを味わうこととなる。

そしてお肉の美味しいこと。

今まで味わったことのないほどの柔らかさと、お肉の甘さ。しかも一切れ一切れが大きめにカットされているので口に運んだ瞬間、肉！　とちゃんと主張してくる。

「美味しぃ〜。美味しいですね！　えぇー！　美味しい」

「あぁ。美味しいな」

小鉢一つにしても上品な味わいがあり、これが老舗の味かと、私は感動していた。

ローグ王国に来てから美味しいものばかり食べさせてもらっている気がして、私には食いしん坊認定がそのうち下りるのではないかと、少し不安である。

「本当に美味しいです。アスラン様、連れてきてくださってありがとうございます」

「いや。私も君と来れて嬉しい」

あぁ、本当にデートみたいだなぁと思いにふけってしまう。

二十二年生きてきて、今まで好きな人なんて一人もできたことがなかった。男の子に対しても、あまり良いイメージはなく、アイリーンと仲良くなる為に私に近づいてきたことしか思い出せない。心の中でこの人良いななんてことも、思う余裕もなかった。

「恋か……」

アスラン様に気づかれないように私はそう呟いてから、アスラン様のことを盗み見るようにちらりと視線を向けた。

スラリとした肢体。最初は本当に精霊かと思うくらいに美しい人だと思った。

けれどアスラン様のことが好きになったのは見た目だけではない。

優しい人だ。

私のことを考えてくれる人だ。

学ぶことを楽しみ、他分野にも精通している人だ。

採取者という立場を理解し、知識も豊富な人だ。

その全てが私の心に響く。

こんな人、絶対に他にはいない。

アスラン様のような人と一緒にデートだなんて、夢のようである。つまりこれは夢？　一瞬分からなくなるものの、さりげなく自分のほっぺたをつねってみて、夢じゃないとにへっと笑ってしまう。

恋をすると幸せになると誰かに聞いたけれど、本当だなとうきうきとそう思った。

その後最後まで私達は美味しい料理を堪能し、料理の後にお茶をいただいていた時であった。

後ろから様々な楽しそうな会話が聞こえてきたのだけれど、気になる話が聞こえた。

「そういえば、最近、隣国のレーベ王国では聖女アイリーン様が体調を崩しているそうよ」

「あぁ！　聞いたわ。優秀な聖女様で、その力は折り紙付きって言われていた方でしょう？」

「そうそう。早く回復されるといいわねぇ」

「本当ねぇ」

私はその言葉に、心臓がぎゅっと締め付けられるような思いと、頭の中が混乱して、視線を泳がせた。

アイリーンが体調を崩している？

あの元気いっぱいで、一度も病気をしたことがないアイリーンが？

「シェリー嬢？　大丈夫か？」

私は、そんな心配をしてくれるアスラン様の言葉に返事ができないほど、動揺していた。

何かがあったのだろうか。

体調を崩すほどの何かが、あったのだろうか。

私の思考はアイリーンのことで埋め尽くされ、アスラン様の声すら聞こえなくなった。

第四章　呑みこむこと

お姉様が出て行ってから、私の生活は一変した。

「ふざけないで！　こんなのじゃ、私の力に耐えられるわけないじゃない！」

採取者が持ってきた魔石や薬草は、ほとんどが普通のものであり、私からしてみればその辺の雑草と変わらない。しかも、かかった時間の割には全て保存状態も悪く、私のいらだちにさらに拍車をかけていった。

私はさらに怒鳴り声をあげた。

「この保存状態は何なのよ！　ふざけているの!?　なんなのよ！　貴方達、保存の仕方はどうやっているの？　こんなの使えないじゃない！」

採取者達は体を縮こませており、焦ったようにハンカチで額から流れ落ちる汗を拭いている。

「ひぃぃ！　も、申し訳ありません！　で、ですが他の聖女様達はそれでもいいと」

「そ、それに、そんなに簡単に特殊魔石や特殊薬草が採れるわけがないじゃないですかぁ」

「そうですよ！　そんな簡単に採れたら、私達だってすぐに持ってきますよぉ」

優秀な採取者だと言われていたのに、三人とも全く役立たずで私は鼻息を荒くしながら机の上の本を投げつけた。

本が採取者に当たるけれど、そんなことどうでもいい。

「いてっ！　ひ、ひどいですよぉ。貴方は聖女じゃないのか!?」

「アイリーン様がこんなに横暴な人だなんて！　何が天使だ！」

「というか、アイリーン様のお姉様のシェリーさんはどこへ行ったんですか!?」

「そうですよ！　あの採取の天才はどこへ行ったんですか！」

その言葉に私は唇をぐっと噛むと、声を荒らげた。

「何よそれ！　あんた達までお姉様のことを言うの!?　今まで知らん顔していたくせに！」

言葉を堪えていた採取者達は声をあげた。

「知らん顔ではなく、尊敬のまなざしを向けていたのです！」

「あと、絶対についていてなんて行けない領域の人だったので、遠慮していたんです！」

「先輩風をふかして〝天候は最善な日を選ぶこと。あと、採取者は二人一組で動くのが鉄則。一人が好きな奴はすぐ死ぬぞ〟なんて言った人も、シェリー嬢がどんな天気でも最高の採取物を最高の品質で採ってくるから、それからシェリー嬢には何も言えなくなったんですよ！」

そんな言葉を投げる採取者に、私は腹が立ってくる。

「それじゃあ、お姉様が優秀みたいじゃない！」

「「優秀なんですよ！」」

私は腹が立って仕方がなかった。

優秀？

あのおまけが優秀なんてありえないわ。

「出て行って！　私が言ったものを早く持ってきて！」

また本を投げつけられた採取者達は、青い顔をして部屋から逃げるように出て行った。

私は頭が痛くなるのを感じてソファへとドスンと座ると、大きく息を吐いてから机の上のお菓子を手に取って食べ始めた。

誰も彼も全然役に立たない。

採取が簡単なはずの特殊魔石も特殊薬草も、誰も採ってこれないのである。採ってきたと思ったら、普通の魔石と薬草ばかりで保存状態は最悪。なんであんなものを自信満々に持ってこれたのかが分からない。

お菓子を貪《むさぼ》るように食べながら、私は大きくため息をつくとベッドに移動してその上へごろりと横になった。

「意味が分からないわ。本当に！　意味が分からない。なんで私の役に立たないものばかり持ってくるのよ！」

特殊薬草や特殊魔石がなければ、自分の能力を発揮することができない。

私はベッドに置いてあった枕を何度も何度も叩きつけると、肩を上下させながら叫んだ。

「なんで、私が、怒られるのよ！　ふざけてるわ！　意味が分からない！　大聖女様のところに連れて行かれたと思ったら！　どうして、どうして私が怒られるのよ！」

あの日、お姉様がいなくなったことを伝えると大聖女様は激高した。私はお姉様は自分の意思で出て行ったのだと、お姉様が自分勝手なのだと説明したのだけれど、大聖女様は私のせいだと怒鳴ったのだ。

『なんということ！　あの方が育てた天才を！　何故！　何故逃がしたのですか！　彼女ほどの採取者がどれほど貴重か！　あぁ！　やはり貴方付の採取者になどするのではなかったわ！』

あんな風に人に怒鳴られたのは初めてで、私は慌てて泣いたふりをした。

『ふえぇぇん。ふえぇぇん。私のせいではありませんー。お姉様が勝手にぃぃ』

自分の正当性を訴えたけれど大聖女様には通用しなかった。

『そんな泣き真似、私に通用するとでも！　あぁぁぁ！　採取者が足りないこの時代に！　なんということを！　あぁもう！　神殿の管理は最近うまくいかないし、聖女は言うことを聞かないし、踏んだり蹴ったりだわ！』

私はその時の大聖女様を思い出して眉間にしわを寄せると起き上がり、もう一度お菓子を口の中へと詰め込んだ。

「あぁぁぁ。むかつく。意味が分からないわ。っていうか、お姉様のことをバレないようにいじめていた人間は他にもいるのに、なんで私のせいなのよ」

お姉様の部屋はいつまでも使用人部屋だったし、食事だって使用人と一緒であった。

おそらく誰かが画策しなければ、普通に採取者用の寮へも移れただろうし、食堂だって通常の場所を使えたはずだ。

無頓着なお姉様は気づいていなかったけれど、私にはそういうことが分かった。

ただ別段お姉様が何か言うわけでもなかったし、自分で気づかないのが悪いわけで私のせいではないので放っておいた。

厳密に言えば、私が頼んだ採取物を採るのに忙しくて、そうしたところにまで考えが及ばなかったのだろうけれど知ったことではない。

口の中に放り込んだお菓子を果物のジュースで流し込むと、大きく息をついた。

「っていうか、お姉様は私のお姉様なんだから、私の為に働くのは当たり前でしょう？　それなのに、どうして今更お姉様が必要とされているように言われるのよ！　他の採取者達がもっと頑張ればいいだけなのに！」

意味が分からない。どうして私が怒られる必要があり、しかも使えない採取者を送られなければならないのか。

私はこうなったら結婚を早めて聖女をやめてしまおうと思った。

聖女という肩書さえなければ、あとは王子の妃としての悠々自適な生活が待っているだけである。

そう思うと、先ほどまでのいらだちが落ち着き、気持ちが晴れ渡っていくかのようであった。

「私は王子の妃として幸せになれば一件落着じゃない」

そうと決まればヨーゼフ様のところへ行って早々に結婚式を挙げようと言えばいい。そして聖女をやめればいいのである。

簡単なことにどうして今まで気がつかなかったのか。

私は起き上がり、ヨーゼフ様のところへ行く為に髪の毛をとかして準備をすると、神殿を出てヨーゼフ様の元へと向かった。

突然の訪問であるからすぐには会えないかもしれないけれど、少し待てば来てくれるはずである。そう思っていた。

以前まではすぐに会えたはずなのに、今日はなかなか姿を現さないヨーゼフ様にいらいらとしながら出された紅茶とお菓子を口へと運びながら待つ。やっとのことでヨーゼフ様が現れて、私は立ち上がった。

「ヨーゼフ様！　今日は遅かったのですね。会いたかったです！」

いつもならば私のことを〝愛しいアイリーン〟といって抱きしめてくれるヨーゼフ様が、いくら両手を広げて待っていてもこちらへと来てくれない。

「ヨーゼフ様？」

ヨーゼフ様の美しい瞳の下には黒い隈ができており、その表情は青ざめていた。

そして、私のことを頭の上からつま先までじっと見つめると口を開いた。

「あ……アイリーンなのか？　本当に？」

何を言っているのであろうか。

確かに、お姉様がいなくなってからここしばらく会っていなかったけれど、どうしてそんなに驚くのかが分からない。

「なんでですか？　あぁ、ここしばらく会ってなかったですものね。うふふ。内緒で、キス、しますか？　いつもみたいに」

小声でそう言うと、ヨーゼフ様は何故かさらに青ざめて一歩後ろへと下がった。

「ちょ、ちょっと待ってくれ……君は……はぁ。僕達が置かれている状況が分かっているのか!? 僕は……シェリーがいなくなったことで、何故かいらぬ疑いをかけられて国王陛下から叱責を食らい、立場がすごく悪くなっているし、アイリーンが突然聖女として役立たずになったとも言われて、それも怒られて……君は、君は何をやっているんだ！」

大きな声で最後に怒鳴られて、驚いた私は体を硬直させた。

最近まで人から怒鳴られるなんて経験をしたことがなくて、私は突然のことに気が動転してしまう。

「こ、怖い。なんで？　どうして怒るんですか!?　怖いです！」

「僕は君の方が恐ろしい！　それになんだ、その顔は！　なんだその贅肉は！」

「え？」

「顔はにきびでぶつぶつだし、体は肉がついて、丸々と太ったブタじゃないか！　さっさと痩せて顔のぶつぶつも治せ！　くそっ。こんなのが僕の婚約者だなんてありえない！　さっさと帰れ！」

「失礼です！　なななななんで!?　そんなわけないでしょう！　私は皆から天使って言われているのに！」

「鏡を見ろ！　はぁぁぁ。見てないはずはないか……はぁ。現実が見えていないのか。まぁいい。さっさと痩せろ。話はそれからだ。ではな」

ヨーゼフ様はそう言って、立ち去ってしまった。

私は怒りで心を埋め尽くされながら神殿へ帰ると、鏡の前に立った。

「え？　……なにこれ」

毎日見ていたけれど、見ていなかった。

にきびなんてすぐ治る、少し太っても愛嬌。そう、思っていた。

「誰よこれ……」

鏡には肌が荒れ放題の、太った女性が映っていた。

「え？　なんで……」

自分の変わり果てた姿に、私は悲鳴を上げたのであった。

これは何かの間違いである。いや違う。原因があるはずだ。

私はハッとした。

「お姉様のせいよ。そうよ。全部お姉様が悪いのだわ！　あの女のせいよ！」

アイリーンは憎しみに顔を歪めたのであった。

◇◇◇

結局私は動揺のあまりその後は観光できる状態ではなくなってしまい、アスラン様には謝って屋敷へ帰ることにした。

屋敷に帰ってきたアスラン様はすぐに事実確認をしてくれるとのことで、レーベ王国に住む知り合いの元へと魔術具を使って連絡を取ってくれることになった。

私はアスラン様と共に執務室へと入らせてもらい、魔術具を作動させてアスラン様が連絡を取る姿を手をぎゅっと握って見つめていた。

アスラン様は知り合いの方と挨拶を済ませた後に、アイリーンのことを尋ねてくれた。すると、そこで聞かされた話に、私は困惑した。

通信を切った後、アスラン様は腕を組むと私の前のソファへと座り、ゆっくりと息を吐いた。

「……まず確かなことは、妹であるアイリーン嬢はここ最近公の場に姿を見せていないこと。そして第二王子ヨーゼフ殿の立場が危うくなっていることだな」

「第二王子であるヨーゼフ様はアイリーンの婚約者です……どうして？　何があったのでしょうか……アイリーンは大丈夫でしょうか」

私がそう言うと、アスラン様は眉間にしわを寄せてから立ち上がり、棚から資料を持ってきた。

「実のところ、気になることがあって、君に伝えるかどうか悩んでいたんだ」

私が首を傾げると、机の上へと資料を並べて言った。

そこには特殊魔石と特殊薬草が高額で取引され、裏ルートで流れているという情報と、どれだけ高額で転売されているのかなどが記載されていた。

私はそれに目を通しながら、口元を手で覆い、息を呑んだ。

横に記入されている日付、時期、そして量。私は静かにポシェットから自分の手帳を取り出すと、それを比較していく。

量こそ多少違うけれど、量の採れない希少なものはほぼ一致している。

私は両手で自分の顔を押さえうずくまった。

今まで大切な妹のアイリーンが聖女として頑張っているのだから自分も頑張らなければと、無茶な採取や危険な採取にも取り組んできた。

最善の準備をしていても不測の事態は起こるもので、採取は命がけという思いもあった。

けれど、人々の命を救う為にアイリーンが努力しており、だからこそそれに必要なのだと自分を鼓舞して、危険な場所の採取へも向かった。怖くないわけがない。恐ろしい場所もたくさんあった。

一人で土砂降りの中を駆け抜けたこともあった。

魔獣の住まう森を、息を殺して地面をはって進んだこともあった。

「ははっ……私の採取したものが……売買されているなんて……」

アイリーンが必要であると言ったものだ。

直接アイリーンに渡しており、いつもすぐに自分の聖女の力を注ぐと言っていた。

つまり、それに利用されていないまま売られているということは、アイリーンも分かっているということだ。

誰かに騙されて横流しに協力してしまっている可能性もある。

けれど、あの頭のいいアイリーンが騙されるだろうか。

大きくため息をつく間、結構な時間が経っていたのだろう。

アスラン様が温かいココアを入れてくれて、それを机の上に置いてくれた。

私は顔をあげ、湯気の立つココアを見つめて、ぐっと奥歯を噛んだ。

ずっと、ずっと私はこれまで目を背けてきたのだ。

ローグ王国に来てから、私はアスラン様の元で素敵な部屋に住まわせてもらい、美味しいご飯に温かな部屋で眠れるようになった。

なんて幸せなのだろうかと、あのかび臭い狭い部屋から大出世だな、なんて最初はウキウキと思っていた。

私はその時のことを思い出し、瞼を閉じた。

ローグ王国に勤めるにあたって、アスラン様とお給料や勤務体系について話し合う場を設けてもらった時のことだ。

私は通常の勤務時間は八時間で、もし採取の為に早朝や深夜などに働く場合はそれに見合った特別手当が出ることや、珍しいものを採取した時には時価で買い取ってもらえるなど、そうしたことを聞いた。

私はなんて手厚いのだろうかと内心大喜びであった。

それと同時に、レーベ王国ではそうしたことはなかったなという思いを抱いた。

そして細かに決めていけばいくほどに、心の中で、あれ？　という疑問が脳裏を過っていく。

「給料は三倍ということだったが、このくらいでどうだろうか」

そう言ってアスラン様に提示された金額を見た瞬間、私は飛びあがった。

「おおおお多いです！　これじゃあ、元のお給料の十倍になります！」

そう伝えた瞬間、魔術室内が静まり返った。

アスラン様も、他の三人も驚いたような表情を浮かべた後に、怒気を含んだ気配を発し出して、私は驚いた。

「え？　へ？　あの……」

戸惑っていると、皆が大きく深呼吸をしている。

アスラン様は頭を押さえ、それから言いにくそうに口を開いた。

「確かに相場よりは高いかもしれないが、君ほどの採取者には正当な額だ。そもそも採取は危険を伴う仕事だ。それを加味しても、これくらいはもらうべきだ」

「え……だって……」

今までお給料でどうやってやりくりしていこうかと、採取に必要な道具の手入れなどもあるからと悩んできた日々は何だったのか。

外食や、酒場に行くのにお財布の中身を心配していたのは一体何だったのか。

あのかび臭い部屋で、夜寒いなと思いながら薄い布団に丸まっていたのは……。

アスラン様に告げられた言葉の意味を、あの時は呑みこむことができずにそのまま時間だけが経過して今に至った。

けれど、もう呑みこまなければいけないのだ。

涙が落ちた。

声なんて出ない。

ただ涙が目から溢れてきて、ただただ、床にシミを作っていくだけだ。

「私は、実の妹に……裏切られていたし……正当な報酬など払われていなかったのですね……」

胸が苦しくて、息ができない。

アスラン様はそんな私の横に座ると、背中に手を当て、何も言わずに、私が落ち着くまで待っていてくれた。

第五章　姉という呪縛

結局、私はその後食事も喉を通らず、部屋に帰り、次の日は仕事を休ませてもらった。

休みたいと言って休める職場に、私は感謝しながら、ふかふかのベッドの上でごろごろとして過ごした。

こんなにゆっくりだらだらとするのは、両親が生きていた時以来だなと思いながら、小さく息をついた。

アイリーンが生まれる前、私は両親に確かに愛されていた。今でも、両親と手をつないで買い物に行き、夜店では屋台でリンゴ飴を買ってもらったことを思い出す。

甘い飴をべたべたになりながら舐め、しゃりっとしたリンゴを食べて、両親の顔を見上げると、優しく私に微笑んでいた。

けれど、アイリーンが生まれて、今まで過ごしてきた家の中の空気が、一瞬で変わるのを体験した。

「まぁまぁまぁ！　天使かしら。この子はきっと神様が私達に遣わしてくれた天使だわ」

「あぁそうだな。美しい子だ。きっとこの子は我が家に幸運をもたらすぞ」

私の両親は至って平凡な見た目であった。けれど、レーベ王国では突然美しい子どもが生まれるということがままあったので、そうした子達は幸運をもたらす天使と呼ばれていた。

今にして思えば、聖女の力を有して生まれた子どもはそうした特徴があるのだろう。

けれど、平民にはそんなことを学ぶ場などなく、だからこそ、お伽噺《とぎばなし》みたいなことを信じて、そういう子は大切に育てられるのだ。

そうしたことを信じない人も多くいたが、幸運を運ぶ天使は大事にしなければならないという考えを、両親は強く持っていた。

少しずつ少しずつ私よりもアイリーンが優先されるようになった。

アイリーンが生まれて数年間、私には何も買ってくれなかった。唯一買ってもらったヘアピンはアイリーンに壊されて、怒られた。

「ほら、アイリーン。こっちへおいで。良いものを買って来たよ」

お父さんは私のことを見なくなり、家にいる時間はアイリーンのことばかりを可愛がるようになった。

「お父さん！　お帰りなさい！」

以前までは私のことを抱き上げてくれていたお父さんはいなくなり、私のことなど気に留めずに、アイリーンの元へと行って抱き上げる。

仕事がうまくいっていなかったのだろう。私とお母さんには辛くあたるようになった。

「よしよし。アイリーン。あぁ可愛い子。早く我が家に幸せをもたらしておくれね」

お母さんはそんなお父さんにあたられる鬱憤を私に向けるようになり、食事を抜かれたり、私にかける分のお金をアイリーンにかけるようになっていった。

部屋の中で、私はうずくまるか、外に出て過ごすようになった。

外は良かった。自然の風は心地よくて、世界は目を凝らせば色々なものを見せてくれた。

季節によって生え変わる雑草。雑草でも縄張り争いがあるかのように生え変わり、そしてそうした自然の中で生きる虫達。そして虫達のすみかの近くには魔石があったり、薬草が生えていたり、見つければ見つけるほどに視野は広くなり、面白かった。

「アイリーン。ほら、綺麗なお花があったわよ」

「あいがとー。ねぇね」

小さなアイリーンは天使のようで、私は大きくなっていく彼女が本当に可愛かった。

けれど、アイリーンが可愛がられれば可愛がられる分、私は毎日お腹をすかせるようになった。

美味しそうにお菓子を食べるアイリーン。

鳴ってしまう自分のお腹。

両親に不満を漏らせば叩かれ、叱られ、お前は姉なのに妹の為に我慢もできないのかと怒鳴られた。

それが怖くて、そうしたことは言えなくなった。

「……ねぇ、一口頂戴」

どうしても我慢できなくなって、アイリーンにそう言ってしまった。

両親が見ていない今ならと、そう思った。

「いやよ？　もらえばいいじゃない。お父さんもお母さんもすぐにくれるでしょ？」

「……そうだね」

アイリーンにはね。

惨めで、ぐっとその言葉を呑みこんだ。

可愛いアイリーン。でも、酷《ひど》く羨ましい時があった。

もしもアイリーンのようであったなら、もう一度私を見てくれただろうか。

私は両親にもう一度愛されたくて、必死で家事を手伝い、働きにも出るようになった。

「お前はお姉さんなんだから、アイリーンの為にも、働かなくちゃ」

「お前はもう、働けるだろう？　頑張って家を助けなくちゃな」

「アイリーンの誕生日のお祝いはしてやりたいじゃないか」

「そうよねぇ。それにはお金がもっといるわね」

働いても働いても、両親が見ているのはアイリーンだった。

透明人間のような私は、ただ必死で働くしかなかった。

そんな時、馬車の事故で両親が突然亡くなった。

アイリーンの誕生日だから明日は豪華にしようと張り切っていた二人だった。

「アイリーンをよろしくね。アイリーンのお菓子は棚の上にあるからね」

「明日はアイリーンを皆で祝ってやろう。お前は姉なのだから、しっかりとアイリーンの面倒を見ておくんだぞ」

「お父さん！　お母さん！　ありがとう。楽しみに待っているね」

両親と抱きしめ合うアイリーン。

それを私は眺めながら、アイリーンをたくさんお祝いしてあげなきゃと、自分の惨めさや寂しさを押し殺した。

そんな両親の死はあっけないものであった。

私達は孤児となったけれど、家があったことと、私が既に働きに出ていたことで生きることができた。

ただ、やっぱり私だけの稼ぎでは少なくて、けれど、アイリーンのことを頼むと願われたから、アイリーンにひもじい思いはさせられない。

私が空腹なのは、以前と変わらなかった。

それが、あの頃の当たり前だった。

毎日毎日生きるのに必死で、働くのに必死で、自分の時間など取れたことがなかった。

私はベッドの上で瞼を開けると、息をゆっくりと吐いた。

「……何の為に頑張ってきたのだろう……」

ため息とともに漏れる言葉はマイナスなものばかりで、私は枕に顔を埋《うず》めると、うなり声をあげた。

「だめだ……これじゃあ。何も変わらない。うん」

私は体を起き上がらせ、首にタオルを巻いてシャツとズボンというラフな格好に着替えると、外へと移動した。

屋敷の中はどこでも自由に過ごしていいと言われているので、私は庭へ出て軽く手足を動かし、準備運動を済ませると、その場でジャンプを何度か繰り返し体を温める。

部屋の中にこもったところで良い考えなど浮かぶわけがない。

「さて、走りますか」

採取者の基本は体力である。

私は全力で庭を走り始めた。しかし、ただ走るだけでは使う筋肉は限られてくるので、体の中の筋肉を意識しながら動かす。

全身を動かし、汗を流せば気分はすっきりと、視界は良好になる。

私は二時間ほど運動をし、中庭のベンチに腰かけると、タオルで汗をぬぐいながら大きく深呼吸をした。

「ふぅぅぅ。はぁぁあ、あっつい」

汗が滝のように流れ、顔が火照る。

私は水浴びでもさせてもらおうと井戸の方へと向かう。

日中の屋敷の庭は静かなものであった。庭師の方々は忙しそうに庭の手入れをしているけれど、私のことは黙認するように聞いているのか、私が走っていてもこちらを気にすることもないようであった。

レーベ王国では使用人用の井戸で水浴びをすることもあったので、私はその要領で井戸へと向かい、桶に水を汲んで水浴びをしようかと思ったのだけれど、庭先にいた侍女さんに呼び止められた。

なんだろうかと小首を傾げると、私のことを見て笑顔で尋ねてきた。

「まさかとは思いますが、外で水浴びされようなどとは考えていませんよね？」

「え？　あ、はい。少し井戸のところで水を浴びさせてもらおうと」

侍女さんは笑顔のままで、他の侍女さん達の方に声をかけると言った。

「湯あみのお手伝いをさせていただきます。部屋へ参りましょう」

「え？　あ、でも、手間がかかりますし、水をざばっと被るだけで」

「シェリー様はお客様でございます。お客様をもてなすのは侍女の務めでございます」

「え？」

侍女さん達の視線が私に刺さる。

「なによりシェリー様はアスラン様の大切なお方です。そのような方に、外で水浴びをさせるなど言語道断でございます」

「他人の目にその肌がさらされるなど、アスラン様が嫌がられますわ」

その言葉に、私はまた首を傾げた。

「あの、私なんてそんな大したものでもありませんし」

侍女の皆さんは私の言葉に笑みを深めた。

「シェリー様はいうなれば磨けば美しく光る原石です」

「その健康的な肌、大きな瞳、美しい体、磨きたくてうずうずします」

「せっかくですから、この際おしゃれをいたしましょう？　シェリー様、この後ご予定は？」

「え？　へ？　あ、はい……予定はないです」

「では、ぜひ！　どうでしょうか？」

うずうずとしている様子の侍女さん達を止める勇気はなく、私は苦笑を浮かべながらうなずいた。

「では、はい。……よろしくお願いします」

瞳を輝かせる侍女さん達を見つめながら、私は、心臓がぎゅっとしていたのが何となく和らいだのを感じた。

運動をして気持ちを切り替え、そして侍女さん達に癒される。

私は流されるように侍女さん達に湯あみに連れて行かれたのであった。

ただ、ここに来て私は一つのことに気がついた。

今まで湯あみというか、誰かにお風呂に入れてもらったことなどない。というか、侍女さんにお世話をしてもらうなんておこがましいのではないか。

「あの、やっぱり」

そう断ろうと思ったのだけれど、私はあっという間に身ぐるみをはがされていた。

「ひゃっ。あの、あのぉ。せめて、せめてタオルを」

「大丈夫でございます。美しく磨き上げさせていただきます」

「ひゃぁぁぁぁ。ははははは恥ずかしいですぅぅぅ」

「おほほほほ。大丈夫ですわ」

手際よくお風呂へと連れられて、お湯に体を浸けられて、数人の侍女さん達に体を徹底的にほぐされる。

しかもお風呂に浸かったまま丁寧に髪の毛を梳《す》かれながらお湯で優しく洗われるのは、心地よすぎて全身の力が抜けた。

侍女さん達によるプロの湯あみ、そしてマッサージは控えめに言って最高であった。

「ふはぁぁぁぁ」

極楽とはこのことではないかと思った。

しかもマッサージを受けた後に呑ませてもらったレモン水の美味しいこと。

こんな幸せがあってもいいのであろうか。

これまでゆっくりするということがほとんどなかったので、侍女さん達によるプロフェッショナルな癒しに私の体と心はほぐされていた。

「はぁぁぁあ……幸せですぅぅぅ」

声をあげると、侍女さん達は嬉しそうに言った。

「ようございました。そう言ってもらえて光栄でございます」

「ドレスアップをされた後に、なんとアスラン様からのお菓子があります！　おやつにシェリー様に出すように仰せつかっております！」

「ふえぇぇぇ幸せですぅぅぅ。こんなに幸せでいいんでしょうか」

そう呟くと侍女さん達はくすくすと笑って言った。

「お菓子はアスラン様が有名店で直接買ってこられたようですよ」

「ふふふ。あのアスラン様が！　シェリー様の為にお店に並んだのかななんて思うと、ふふふ」

「シェリー様に元気になってもらいたいと、考えられたそうです」

「はぁぁ。あの女性に興味なんて全くなかったアスラン様が！」

「はぁぁぁ。尊《とうと》いです！　シェリー様！　応援しています」

「え？」

突然どうして私は応援されたのだろうかと思うけれど、アスラン様が私の為にお菓子を買ってきてくれたのだと思うと、心の中が浮足立つ。

「楽しみです」

そう告げると、侍女さん達に生暖かい視線で微笑まれた。

私はその後ドレスに着替え、美しく化粧もしてもらった。

まるでお姫様のようだなと思いながら、私は侍女さん達が準備をしてくれたお茶会の席へと足を運んだのであった。

お茶会の席は庭にセッティングされ、テーブルに薔薇の花の柄のクロス。そしてパラソルの下で、私は優雅に紅茶と、アスラン様が買ってきてくださったお菓子を前に、胸いっぱいに空気を吸い込んだ。

「これが……優雅なティータイムというやつなのですね」

今の格好は可愛らしいワンピースに、アスラン様からいただいたピンまでつけている。

まるでお姫様のようで、私はあまりにも幸せで紅茶を飲みながら、お菓子を口へと運び、その甘さにここは天国だと思った。

「うん。ここは天国。私、幸せ。うん」

これまで起こったことは変わらない。けれど、それを悲観するよりも今のこの幸福を満喫する方がいい。

切り替えは大事だ。

後悔や執着というものは人の感覚を鈍らせるものである。

私は、大きく息を吸って吐く。甘いお菓子を食べ、紅茶を飲むと、胸の中にあった嫌な気持ちを幸せで包み込む。

消えるわけではないし、思い出せば頭を掻きむしりたくなるほどに憂鬱な気持ちになるけれど、私はそれを無理やり切り替える。

「美味しぃ～」

嫌な気持ちのままでいたら、負けるような気がした。だから、侍女さん達の優しさに甘え、アスラン様からの差し入れを噛みしめながら今の幸福に浸り、前を向くことにしたのであった。

私はもう、あの頃のように、空腹ではない。

そして何より顔をあげれば、温かな人達が私の傍にはいてくれた。

次の日から私は変わらずに出勤し、アスラン様や他の皆からは大丈夫かとかなり心配された。

私は甘いものも食べて、元気いっぱいになったので大丈夫だと答え、皆の優しさがくすぐったくて幸せだなと感じた。

特にアスラン様はあれからことあるごとに心配してくれて、一緒に昼食を食べに行ったりお菓子を買ってもらったりということが増え、こんなに人から優しく接してもらうことが初めてだったので、なんだか、むずむずとするような感じがした。

「シェリー嬢。今日は昼に行きたい店があるのだが、一緒にどうだ？」

アスラン様から、今日もまたそう声をかけられ、私はこんな美丈夫と一緒に行動しても良いものなのかと思いながら、ちらりとベスさんを見ると、行っておいでとにこやかに手を振られた。

「はい。えっと、ご一緒させてください」

「では行こう。ベス、ミゲル、フェン。君達はどうする？」

三人は手をあげて答えた。

「外に行くのは面倒です！」

「美味しいものを買ってきてもらえると、とても、とてもありがたいです！」

「同じくですぅぅ」

三人の言葉に、アスラン様はため息をつくと私に視線を向けた。

「すまないな。彼らは出不精なんだ。我々は美味しいものを温かい状態で、美味しく食べに行こう」

「あぁー！　アスラン様が美味しいを二回言って強調しました！」

「本当だぁ～。僕達は気を利かせているっていうのに！」

「ぶぅーぶぅー！」

三人にアスラン様は視線を向ける。その瞬間、三人は今まで自分達がしゃべっていたことなど幻であったかのような態度をとった。

アスラン様は肩をすくめると、私の方を見て言った。

「シェリー嬢。では行こうか」

「はい」

三人はひらひらと手を振って、午前中に終わらせるはずであった、終わっていない仕事に向かって手を動かし始めたのであった。

「今日は付き合ってもらってありがたい。実は行きたい店というのは、以前君が世話になっていると言っていたマスターの店なんだ」

「え？　でも、結構距離がありますよ？」

「大丈夫だ。事前に連絡は入れてあって、魔術具のポータルを置いてきた」

「え？　ポータルをですか？　でも、あれ、すごく高いんじゃ」

「魔術塔には天才が三人いるんだが、たまに、一か所しかつなげないポータルなんてものを発明することがあってね。それを使わせてもらった」

「あー。ふふふ。それは、確かに、一か所だと活用が難しいですね」

「あぁ。そうなんだ。それで、いずれお礼に行こうと思い連絡を取ったところ、シェリー嬢が来やすいようにポータルを置いてもかまわないということだったのでね、置かせてもらった」

「わぁ！　なら、これからマスターのところにいつでも行けますね」

「あぁ。さ、では行こうか」

私達はポータルの置いてある魔術塔の倉庫へと移動すると、そこにあったポータルに手を翳《かざ》した。

その瞬間、淡い光に包まれて、すぐに移動は完了する。

「シェリーちゃん！　いらっしゃい」

マスターは待っていたのか、嬉しそうにひらひらのエプロンをつけて待ち構えていた。やけに今日は化粧にも気合が入っている。

「うふふ。さぁさぁ、こちらに座って。今日は、貸し切りにしてあるのよん」

「え？　マスターいいんですか？」

「いいのいいの。だってぇ～。こんな素敵なイケメンがシェリーちゃんの上司だなんて、嬉しかったんだもん」

こそっとマスターが小声になると私の耳元で言った。

「やぁねぇ～。もう。シェリーちゃんの想い人、すごく素敵な人じゃない！　応援するわよ！」

「まままま、マスター！」

私が慌てた声を出すと、マスターはひらひらと手を振って私達に言った。

「そちらの席に座ってね。さて、今日はシェリーちゃんの好きなものを色々準備しているから美味しく食べてね。あ、お代はアスラン様にもらっているから遠慮しないでねぇ～」

私はその言葉にアスラン様を見ると、アスラン様は苦笑を浮かべた。

「素敵なマスターだな。では、美味しくいただこう」

「え？　あ、アスラン様！　あんまり良くするとマスターが調子に乗りますよ!?」

「ははっ。まぁ大丈夫だ。今は君に元気になってもらうのが一番だからな」

私はアスラン様の言葉が嬉しくて、うっと言葉を詰まらせる。

けれど、マスターが遠慮なくどんどんと料理を並べるのを見て声をあげた。

「食べられる量にしてください！　じゃないとお代は払いませんよ！」

「まぁ～。分かっているわよ。ちょっと作りすぎただけじゃない」

「もう。太ります！」

私がそう言うと、アスラン様は笑いながら言った。

「君は太った方がいい」

マスターはそれを聞いて、私の肩をバシバシと叩く。

「この人素敵！　もう。シェリーちゃんってば、見る目あるぅぅ～」

「マスター！　もう！　やめてください！」

「本当に！　うふふ。もう私の心も盗まれちゃう～」

「え？　え？　だだだだだめですよ！」

私のその言葉に、マスターは噴き出すように笑った。

「もう！　冗談よ～。私の恋愛対象は女の子。うふふ！　もうシェリーちゃんったらぁ～」

「え？　えぇぇぇ？」

なんだかとても楽しそうなマスターに気が抜けながらも、久しぶりに食べるマスターの料理はどれも美味しくて、私は元気を回復させてもらったのであった。

食事が終わった後、マスター特製のサンドイッチを手土産にして帰ると、魔術塔の三人は瞳を輝かせた。

「なにこれ!? すごく美味しい」

「ふわあぁぁぁ。え? これ、サンドイッチだよね?」

「美味しぃぃぃ。うわぁぁぁ。感動だぁ」

私はその言葉に、何故か自分が嬉しくなってマスターのことを三人に宣伝したのであった。

「マスターはすごいんですよ! 料理上手! 気配り上手! そして何より優しい! なので皆さんもぜひ今度一緒にお店に行きましょう!」

「えー。行く行くー!」

「これは他の料理も食べたくなるなぁ」

「うんうん。わぁぁぁ。良いことを教えてもらったなぁ」

「うふふ。ですよねぇ〜」

すると、ベスさんは、少ししてからちょっとだけ心配そうに言った。

「あの、知り合いだからいいけれど、あんまり他人を信用しすぎたらだめよ? 何故かしら、急に不安になったわ」

まるで子どもに言い聞かせるようなその言葉に、私は笑った。

「私、今年で二十二ですよ？　子どもじゃないですよー。ちゃんと分かってます」

「本当かしら？」

ベスさんの言葉に、何故かアスラン様も同調するようにうなずいた。

「私もそれは気になっていた。シェリー嬢はもう少し周囲に警戒心を持った方がいい」

「え？　そう、ですか？」

「あぁ」

今まで姉としてアイリーンに忠告することはあってもされることのなかった私は笑ってしまったのであった。


そして数日経ち、私はアスラン様と共に王城へと来ていた。

お菓子につられたからではない。

王太子殿下は回復し、現在は問題なく公務にあたっているとのことであった。状況もだいぶ落ち着いたとのことであり、内密にだけれどこの前のお礼がしたいとの話を受けて城の客間で待機している。

少しの待機時間の後に王太子殿下は姿を現した。

顔色は健康的に戻っており、その表情は明るく、部屋に入ってくるとすぐに私の元へと駆け寄ると跪《ひざまず》いて手を取ってきた。

「シェリー嬢。会いたかった」

「へ？」

金髪碧眼の王太子殿下が跪く姿を、どこか他人事のように思いながら目の前で起こる光景を呆然と見つめていた。

王太子殿下は私の手に口づけを落とす。

「ひょえぇぇえっ！」

私は突然のことに思わず手をぱっと万歳するようにあげ、一歩後ろに飛びのいた。

アスラン様は眉間にしわを寄せると声をあげた。

「……王太子殿下。うちの採取者にどういうつもりだ」

怒気を含むすごんだ声に、私は王太子殿下に対してそのように言っても大丈夫なのだろうかと慌てると、王太子殿下はふっと笑みを浮かべた。

「男の嫉妬は見苦しいぞ。命を助けてくれた乙女に感謝を伝え好意を示すのは、悪いことではないだろう？」

その言葉に、王太子殿下は女性慣れした殿方なのだなと判断すると、私は小さく呼吸を整えてから、姿勢を正した。

こういった類《たぐい》の男性は、理由なく触れてくるし理由なく口説いてくる。

そういうものなのだ。

そういう生き物であると分かっていれば対処もできるし、心を揺れ動かす必要もないと思える。

「アスラン様、大丈夫です。王太子殿下、体調の方良くなったようで安心いたしました。先ほど私が命を助けたようにおっしゃいましたが、全てはアスラン様がいてこそ。私など、ただ採取しただけに過ぎません」

「いや、君の功績が多いに決まっている。君がいてこそだ」

はっきりとそう告げると、アスラン様はすぐにそう言ってくださった。優しいなと思う。

王太子殿下は驚いたように一瞬目を見開いた後に、眉間にしわを深く寄せた。

「……シェリー嬢。私は自分の顔には自信があるのだが、何が悪くて君にそのように壁を作られるのか聞いてもいいだろうか？　命を救ってくれた君に好意を抱いているのは現状本当なのだが」

静かに私は笑みを浮かべると、さらに一歩後ろに下がってから頭を下げた。

「私のような平民の女に、そのような言葉勿体ない限りです。ですが先ほど言った通り、私はあくまでもただの採取者ですので」

鉄壁を作り上げる私に、アスラン様は噴き出すのを我慢するように手で口を押さえた。

けれどすぐに我慢しきれなくなったように笑い声をあげた。

「ふっくくく。シェリー嬢。私は、君に驚かされてばかりだ。くふふふ。まさかジャンが女性にあしらわれる日が来るとは！　つははは、だめだ。腹が痛い」

爆笑し続けるアスラン様に驚いていると、王太子殿下は肩をすくめてからため息をついた。

「どうやら私はシェリー嬢の中では恋愛対象外なようだ。それにしても、アスランの笑う姿はいつぶりに見るだろうか」

その言葉に、私は首を傾げてしまう。

「アスラン様はよく笑われる方ですが。……あ、すみません。あの、恋愛対象外というか、王太子殿下はおもてになるでしょうし、そもそも王太子殿下のような方が私など相手にするわけがないと思います」

自信を持ってそう告げると、王太子殿下が一歩歩み寄り間合いを詰めると、私の腰に手を回して引き寄せてきた。

「ほう。では対象だと告げれば、私の愛の告白に応えてもらえるのだろうか」

私が思わず固まると、先ほどまで笑っていたアスラン様が王太子殿下の肩に手を置き、笑みを消して言った。

「いい加減にしろ。それ以上冗談を続けるのであれば、黙ってはいられないぞ」

アスラン様の言葉に王太子殿下はにやりとした笑みを浮かべる。

「冗談でないと言えばいいのか？」

「現在のローグ王国の現状であればジャンにシェリー嬢が正妻として嫁ぐのは不可能。そのような男に彼女を渡すとでも？」

「シェリー嬢がもしかしたら私のことを好いてくれるかもしれないではないか」

「あ、いえ。私そもそも王太子殿下にそのような気はありませんし、一夫多妻制とかは無理ですし、そもそも王族の方が自分のことを本気で好きになるわけがないとわきまえております」

私がはっきりとそう告げると、王太子殿下は呆然とした様子で腰に回していた手を放した。

アスラン様はまた噴き出すのを堪えており、王太子殿下の肩をバシバシと叩くと、にやっと笑った。

「残念だったな。よし、ではそろそろちゃんと話をしよう。シェリー嬢、一度座ろう」

「はい。アスラン様」

アスラン様に倣って私はソファへと腰かけた。

呆然としていた王太子殿下は少ししょぼんとした様子で、私達の前に腰かける。

なんだか私は言ってはいけないことを言ったのかなと、不安に思ったのであった。

そんな王太子殿下に、アスラン様は小さく息を吐いて言った。

「……女性関係だけは本当にだらしないな。どうにかならんのか」

王太子殿下の表情がさらに悲しげに落ち込んだのであった。

「はぁ、命を救ってもらい運命の女性かと思ったのだが、フラれてしまったか……もしやシェリー嬢は王族にいい印象は持っていないのかい？　王族というだけですり寄ってくる女性もいるというのに」

こうした男性は息をするように女性を口説く。私はヨーゼフ王子のことを思い出してしまった。

そして、どう答えようかと思いながら口を開いた。

「いえあの、私の妹のアイリーンの婚約者はヨーゼフ王子殿下なのです。なので、その」

この話はアスラン様にもしたことがなかったなと思い、私はちらりとアスラン様を見た。

あまり聞かれたくない話だなと思った。

好きでもない男性の話をアスラン様の前でしたくないなと思った自分の心に、私はぐっと息を詰まらせた。

アスラン様を意識している。それに自分で気づいてしまうとじわじわと顔に熱がこもる。

私の様子に違和感を抱いたのか、アスラン様の眉間にまたしわが寄った。

「情報としては知っていたが、その時、何か？」

何と答えればいいのだろうかと迷いながら、私は、できるだけ語弊が生まれないように答えた。

「私は平民ですし、ただの採取者でしたし、ヨーゼフ様からはアイリーンと結婚した後には妾になるようにと、そのように命じられておりました」

毎日のように言い寄られたことや、時には貞操の危機を感じたこともあった。

そう思うと、本当に国を出てよかったと思う。

「ただ、私としては、それは遠慮したかったので冗談として受け流していたのですが……」

アスラン様は静かにうなずいた。

「言いにくいことを話させてしまいすまない。……隣国も一夫一妻制のはずだがな。はぁ。ジャン。

まさか君もそのようなことはしていないだろうな」

王太子殿下はどこか動揺した様子を一瞬浮かべたのちに、慌てて首を横に振った。

「いやいやいや。言っておくが私は真剣な恋愛しかしない。シェリー嬢に先ほど言い寄ったのは運命だと思ったからだ！」

その言葉にアスラン様は睨みつけるように一瞥する。

「……いい加減にしてくれ。君の伴侶は地位の確立した女性でなければならないことは分かっているだろう」

「分かっているさ。はぁぁ。分かった。もう二度とふらふらしない」

まるで誓うように片手をあげてそう言う王太子殿下にアスラン様はため息をついた。

「今後シェリー嬢に言い寄ることはしないでくれ。相手に好意がない以上は彼女には迷惑でしかないからな」

私のことを思っての言葉に、なんだか恥ずかしく思っていると、王太子殿下はうなずき、真剣なまなざしで私を見ると言った。

「君の嫌がることはもうしない。私はそもそも君に感謝を伝える為にこの場を設けたのだ。はぁぁ。先ほどのことは謝罪する。すまなかった」

王族の方がこのようにすぐに謝ってもいいのだろうかと思うけれど、おそらくこの場が公の場ではないからこそなのだろうと考えて私はうなずいた。

「謝罪を受け入れます。ふふふ。大丈夫です。冗談だと分かっています」

王太子殿下は何故か少し悲しそうな瞳をしたけれど、小さくため息をついてから表情を切り替え、そして言った。

「さて、改めてだが、私の命を救ってくれたことに礼を言う。ありがとう。君のおかげでこの世界に命をつなぐことができた」

私はその言葉に笑みを浮かべた。

「採取者になってこのように直接お礼を言われるなんて、あまり機会がなかったので役に立てたことが嬉しいです」

「心より感謝する。謝礼についてはアスランと協議した上で君の元へと振り込まれる」

私は謝礼なんて必要ないと断ろうとしたのだけれど、アスラン様に目で止められた。こうした場で謝礼を断るほうがもしかしたら失礼にあたるのかもしれない。

「……ありがとうございます」

そう言って頭を下げると、王太子殿下はほっとしたようにうなずいたのであった。

その後しばらくは机の上にお菓子が並べられ和気あいあいとした雰囲気が続いていたのだけれど、これはおそらく先ほどのお礼だけで話が終わるわけではなさそうだと、私は思い始めていた。

おそらく、どこかで次の話題へ移るきっかけを王太子殿下は探している。

一体なんだろうかと私が思った時であった。

王太子殿下は紅茶を飲み終わりカップを机の上へと置くと、静かに口を開いた。

「……あと一点……実は話がある……」

その言葉に、アスラン様も初耳だったのか、王太子殿下の方へと視線を向けて動きを止めている。

なんだろうかと思っていると、王太子殿下はゆっくりと息を吐いてから再び口を開いた。

「……先ほど話があり、話すべきか迷ったのだが……来月の我が王国の舞踏会に、レーベ王国側よりヨーゼフ王子と聖女アイリーンが参加するという旨の手紙が届いた」

私は、驚いてそのまま固まってしまう。

先ほど会話に出てきたからこそ、言えなかったのであろう。

アスラン様は息をつき、それから静かに頭を押さえた。

「……言い淀んでいたのはこれか。なるほど、確かに先ほど会話に出たものだから、言いにくかっただろうな……」

先ほど私が思ったことと同じことをアスラン様が呟き、どう会話を続けたらいいのか分からず私は黙り込んでしまった。

来月はローグ王国の建国祭が行われる予定であり、通常であればレーベ王国からは毎年国王陛下が来賓としてやってくるのだという。

ただ、今年は返事が遅いと感じていたところに、ヨーゼフ王子とその婚約者であるアイリーンが参加するという旨の手紙が送られてきたのだという。

王太子殿下はそこでアスラン様に目配せをする。

「私から話してもいいか？」

王太子殿下がうなずき、私は何だろうかと思っていると、アスラン様が口を開いた。

「本当は話すかどうか悩んでいたのだが……王太子殿下が受けた呪いは、どうやらレーベ王国から裏ルートで流されていたものの中に、混ぜられていたらしい。王太子殿下は希少なものが裏ルートで流れてきたことを不審に思い、それを調べていた際に呪いを受けたらしい。そのもの自体は特殊魔石のように見えたようだ」

「え？　待ってください。それって、私が採取したものが裏ルートで売られていて、その中に、呪いのかけられていたものが、混ぜられていたということですか？」

私が驚いていると、アスラン様はうなずき、王太子殿下も口を開いた。

「特殊薬草や特殊魔石が裏ルートに流入しすぎているのが気になって内密に調べていたんだ。現物を見る過程でそのことに気がついたのだが、すでに触った後で、あのざまであった。だが、あれが民間の場になくて良かった。もしあったならば、死者が出ていたであろう」

「ちょっと待ってください。どうしてそんなものが」

「……聖女の力を反転させた呪い、そんなもの、魔術を中心とするローグ王国では生み出せるものではない。レーベ王国から裏ルートで流されてきたものだということは確定している。つまり、何者かが悪意を持って、ローグ王国へ紛れ込ませたことになる」

「民間に渡った場合、原因が分からず、混乱に陥った可能性もあります。しかも一見ただの毒のようにも最初は見えたので……これは……つまり」

「下手をすれば何かに付着していた毒だと判断され、その特殊魔石自体はそのまま他者に渡り、死者だけが増え、ただの魔術師であればそれを解くことさえできずに混乱しただろう。そして、魔術師ではどうにもできないなどと判断されたならば、隣国へ助けを求めることにもなったかもしれない。また他の国から魔術師でも分からない毒があるという変な噂が立てば、我が国自体にも影響が出ていたかもしれない」

それを聞いて私はぞっとした。下手をすれば死者が出る。そして、何が原因か分かっていなければ死者はその後も増えたかもしれない。

「……すみません。元を正せば私の妹が流出してしまったものが原因で……どう償えばいいのか」

その言葉に、アスラン様は震える私の手を取って言った。

「それは違う。君は悪くない。君が償う必要はない。おそらく君の妹のアイリーン嬢が取引していた相手がこのような事態を引き起こしたのだろう。そしておそらく思惑があっての行為だろう」

「無自覚にこのようなことはできないだろうしな」

王太子殿下の言葉に、私は体をこわばらせた。

ということは、アイリーンはその陰謀へ協力したことになる。

「とにかく、今回の一件はかなり問題がある。現在レーベ王国側の知り合いを通じて確認を取っている」

王太子殿下の言葉に私はうなずき、どっと疲れが押し寄せるのを感じた。

「今日はこの辺にしよう。とにかく、事実確認と黒幕を突き止める為に今後は行動をしていく。聖女アイリーンもかかわっているおそれもある。シェリー嬢、妹のことも心配だろうが、連絡は取らないでほしい。取ったことが知れた場合、君も関与していると疑われかねない」

私は小さくうなずいた。

その場はそこでお開きとなったが、私の気持ちは沈んだままであった。

アイリーンのことも心配で、私はアスラン様と一緒に王城の渡り廊下を歩きながら、ため息をつき、足を止めた。

罪に問われるのだろうか。それとも情状酌量の余地はあるのだろうか。

「シェリー嬢」

「え？」

顔をあげると、アスラン様が心配そうに私のことを見つめていた。すっと伸ばされた大きな手が、私の頭をぽんっと優しく撫でた。

その瞬間、ぶわりと自分の中に渦巻いていた不安が涙となって溢れてくる。

こんなところで突然泣いてはだめだと思い、ぐっと唇を噛む。

「……少し触れるぞ」

「え？」

片手で頭を抱き込むように引き寄せられ、アスラン様の胸に顔を埋める形になった。

このままでは涙で服を濡らしてしまうと慌てて離れようとしたけれど、アスラン様は私の頭をまたぽんぽんと撫でた。

「君は、悲しいことや不安なことがあった時、いつもそうやって唇を噛んで堪えていたのか？」

「え？　あ、いや……その……昔から癖で……」

幼い頃から嫌なことや悲しいことがあった時、アイリーンのように人の腕の中で泣くことができなかった。

だから、これは昔からの癖。

「私は、君が堪えているのを見る度に、今まで感じたことのないほどの怒りを覚える……それなのにシェリー嬢はその原因であるアイリーン嬢を未だに……感情とは、難しいものだな」

私はアスラン様の言葉に、一瞬身を硬くした。

見透かされているなと感じた。

裏切られていても、虐げられていたことが事実でも、それでも私はやっぱり小さな頃の自分の後ろをついてきていたアイリーンが忘れられていない。

でも、もうアイリーンも一人の大人で、私の庇護がいらないことは分かっている。

大人なのだから、自分のことは自己責任だ。

以前アスラン様の呟いた言葉を思い出す。

本当に呪いのように私にはアイリーンを守ることが植え付けられている。

「……たった一人の……家族ですから……」

家族なのだから。たった一人の妹なのだから。

そう思っていた。

「シェリー嬢。君の人生だ。これまで君は立派に姉を務めてきたのだろう。だが、もう解放されてもいいのではないだろうか」

「ですが……」

「家族を捨てることは、罪ではない」

「え？」

顔をあげると、アスラン様は私の瞳をじっと見つめてはっきりと言った。

「家族というつながりを盾に君は傷つけられる。これまで、どれほど傷を負っても、君は家族だからと受け入れてきたのだろう。だがはっきり言う。それは君の為にも相手の為にもならない」

私はその言葉をじっと聞いていた。

「君が傷つく必要はない。もし君を家族なのにと非難してくる者がいたならば、私がそんな者達から守ってやる。だから、もう傷つかないでくれ。そして妹にも気づかせるべきだ。姉は妹の為に存在しているのではないということを」

アスラン様の瞳をじっと見つめながら、私はずっと、心のどこかで思っていたことを口にした。

「姉を……やめてもいいのでしょうか……」

お姉ちゃんだから我慢しなきゃいけない。

一人分しかご飯がなくても、妹を飢えさせてはいけない。自分が我慢すればいい。

辛い、眠たい、苦しい。でも私はお姉ちゃんだから、妹の笑顔の為に頑張らなくちゃいけない。

これまでずっとそうやって生きてきた。けれど、ずっとずっと、私だって誰かに助けてほしかった。

ずっとずっと、お姉ちゃんだからと必死になって、苦労を吐露することを悪いことのように感じてきた。

お姉ちゃんはやめられない。家族なのだから仕方がない。

涙が溢れて前が見えなくて、ぽたぽたと落ちる涙の止め方さえ分からず、私は嗚咽をこぼしながら心の奥底にあった思いを吐き出した。

「妹を……妹を嫌いに、なりたくなんて、なくて、でも、でもでも、でもぉぉぉ」

苦しくて、呼吸がうまくできなくて、裏切られたことを楽しいことで上書きして忘れようとしても、やはりずっと心の奥底には残っていて。

苦く、心の中が重たくなる何かがずっと、底にあった。

アスラン様が私のことをぎゅっと抱きしめた。

「君は優しすぎる。もう一度言う……家族を捨てることは罪ではない。君の人生は君のものだ。もし他人がとやかく言っても気にするな。そんな奴は私が払いのけてやる」

「うわぁぁあぁぁあぁっぁっぁっぁぁあぁ」

心の底にあった思いが溢れ、泣き声と共に外へと押し出されていくような気がした。

アスラン様はそんな私の背中を、優しく擦っていてくれた。

温かな手が大丈夫だと、泣いていいのだと言ってくれているようで、私はこれまで我慢していたものを全て吐き出すように、泣き続けたのであった。

第六章　ばいばい

重たい瞼を私はゆっくりと開けると、大きくため息をついた。

昨日は結局泣き疲れて眠ってしまったのか、私はベッドの上にいた。

目が痛い。

「何か……二十二歳にして……めっちゃ泣いている気がする……」

そう思いながら体を起こすと、ベッドの横にメッセージカードと可愛らしい白いカモミールの花が数輪。それがリボンで結ばれ小さなブーケのように作られており、置かれていた。

指先でちょんとつついてから手に取り、香りをかいだ。

カモミールの優しい香りがして、少しだけ気持ちが和らぐ。

メッセージカードには、アスラン様から、無理をしないでゆっくり休むようにと書かれていた。

「ふわぁぁぁ……なんだか、アスラン様には甘えてばっかりだなぁ」

太陽が昇る前に私は起き、ベッドの上でしばらくそう呟いて身もだえた後、顔を洗うと準備運動を始める。

昨日は結局アスラン様の胸を涙やらなんやらでぐちゃぐちゃにしてしまい、本当に申し訳なかった。

けれどアスラン様は優しく大丈夫だと、涙が止まって良かったと微笑んでくれて、私はもう白旗をあげる以外なかった。

心が完全に射貫かれてしまった。

これまでずっと人に甘えることをしたことがなかった。はっきり言って他人と深くかかわったこともなければ、他人を自分の心のパーソナルスペースに入れることもなかった。

最低限の表面上の付き合いがほとんどだった。

けれどアスラン様は出会った当初から、何故かとても一緒にいて話をしてみて居心地がよくて、だめだと思ってもどんどんと惹かれていってしまった。

初めての感覚に戸惑いながら、アスラン様のような美丈夫を好きになったところで不毛だと分かっているのに、陥落してしまった。

「はぁぁぁ。まぁ、しょうがないわ。アスラン様は今は恋人がいないようだし、その間だけでも、この、恋のウキウキアハハを楽しむべきよね」

自分に恋人になれる可能性があるだなんておこがましいことは決して考えない。

そんな大したものを望んでしまっては、今後自分はわがままになっていってしまうだろう。

「律する心。大事。わきまえること。大事」

私は深呼吸をしながら呪文のようにそう呟き、そして軽く準備運動をしたのちに庭へ出て走り始めた。

煩悩を消す為には走るのが一番である。

「わきまえろ！　貴方は採取者！　やるべきことは、採取！」

そう思っていたはずなのに。

走り終えた私は、待ち構えていた侍女さん達に連れられてお風呂へと連れて行かれた。

「ひゃあぁぁぁ。え？　え？　どうしたのです？」

「シェリーお嬢様のことですから、走った後は水浴びしようとなさると思っておりました」

「私達に湯あみのお手伝いをさせてくださいませ」

「アスラン様からご伝言で、朝はゆっくりするようにとのことでございます」

私は恥ずかしさから断ろうとしたけれど、結局、侍女さん達の手によって美しく磨き上げられることになったのであった。

そしてお風呂から上がってピカピカになった私は、可愛らしいドレスを着せられて、化粧に髪型までセットされたのであった。

明らかに採取者のよそおいではない。

そう思い、私は仕事があるからと侍女さん達に声をかけようとした時、部屋がノックされた。そしてやってきた執事さんにアスラン様から話があると告げられたのであった。

「分かりました！　すぐに向かいます！　あ、でも、この格好……」

「大丈夫でございます。シェリーお嬢様は最高に可愛らしゅうございます」

「アスラン様もお喜びになられると思います」

違うのである。確かに可愛らしくしてもらったのはありがたいのだけれど、これは採取者の格好ではないのである。

私はどうしようかと思ったものの、アスラン様が待っているのであれば先にそちらに行くのがいいだろうと、仕方なくアスラン様の待っている談話室へと向かった。

私はこの格好を見て、怒られるのではないかと思いながらドアをノックし中へと入った。

「あ、アスラン様、お待たせしてしまい申し訳ありません。それに、その、この格好も、すみません。決して仕事をさぼろうと思っていたわけではないのです！」

早口で慌ててそう言うと、アスラン様は私の格好を見て、ふっと笑うと言った。

「良かった。落ち込んでいるのではないかと心配していたので、うん、よかった」

優しい。

うぅ。優しさに心が痛む。

私は慌てて移動するとアスラン様の前でもう一度頭を下げた。

「すみませんでした。私事でへこんで、その上、気遣っていただいて」

「いや、むしろ今回はその格好で来てくれて良かったかもしれない。君次第ではあるが」

「え？」

アスラン様は私に一度ソファへと座るように促すと、その後口を開いた。

「ジャンから話があったが、今度開かれる舞踏会にアイリーン嬢が参加する。建国祭の舞踏会には私にも招待状が届くのだが、どうだろうか、一緒に参加をしてみないか？」

「え？」

突然のことに私は一体どういうことなのだろうかと思っていると、アスラン様が言葉を続けた。

「君に何か協力をしてくれとかそういうことではない。ただ……このままだと君は妹と何も話ができないままだ」

私はただの平民の採取者である。

そもそもそんな私が参加できるわけがない。

「あの、ちょっと待ってください。私は平民です。参加できるわけがありません」

そう伝えると、アスラン様は首を横に振った。

「私のパートナーとしてならば十分参加資格がある。しかも君は私の採取者だ」

笑顔でそう言われたけれど、舞踏会など参加したことがない私は絶対に無理だと思った。

「ですが……」

「それに今回のこの舞踏会でジャンは相手に探りを入れるだろう。そこからもし糸口を見つけられて、最終的にアイリーン嬢に行きついた時……君はもう妹と普通に対面して話ができる状況ではなくなるかもしれない」

その言葉に私はハッとした。

アスラン様はおそらく私にちゃんとアイリーンと決別する機会をと思っているのだろう。今回を逃せば、もう機会はないかもしれない。

だからこそ。

私はしばらくの間、無言でうつむいて考えた。

このままでいいのか。

このままでいいわけがない。

そう思った私は、アスラン様にうなずいた。

「アスラン様、ご提案ありがとうございます……よろしくお願いします」

そう答えると、アスラン様もうなずき、机の上に資料を置きだした。

一体なんだろうかと思っていると、部屋の中に執事さんや侍女さん達が入ってくるが皆が笑顔である。

「え？　えーっと……」

一体なんだろうかと考えているとアスラン様は言った。

「では、今日から舞踏会に向けて徹底的に体と頭に叩き込むぞ」

「へ？」

「頭のいいシェリー嬢ならばきっとできる。最低限は身に着けて行こう」

「え？」

私はその言葉を聞いてやっと、舞踏会に向けて勉強しなければならないのだという事実に気がついた。

うなずいてしまった以上、後戻りはできない。

「大丈夫。最低限だ。マナー、教養、ダンス。最低限、頑張ろう」

「ひゃ……ひゃい」

私は力なく、どうにか返事をしたのであった。

そもそも勉強というものを私はちゃんとしたことがない。

私はほとんどのことを見て覚えるか、その場その場で学びとるか、師匠に習うかでしか勉強をしたことがないのだ。

文字も師匠に教えてもらった後はほぼ独学である。

私の知識は偏っているし、師匠から教えてもらったことは頭に叩き込んでいるものの、師匠の知識は一般的でない部分も多く、それで失敗したこともある。

「アスラン様……あの、私、ほとんど勉強を人に教えてもらったという経験がないのです……読み書きなどは師匠に教えてもらったのですが」

素直にそう告白すると、アスラン様は一瞬驚いたように瞳を揺らし、その後考えてから口を開いた。

「君は……天才か」

「え？」

侍女さん達や執事のレイブンさんもこちらを見て驚いた顔をしている。

私はどうしてだろうかと思いながらアスラン様へと視線を戻すと、彼は口元に手を当てて言った。

「ちょっと待ってくれ。君は書類も読み、必要な提出書などもすらすらと書いていたではないか。本当に君は天才か」

私は慌てて首を横に振った。

「いえ！　あの、習ってはいませんが、幼い頃から見様見真似はしましたし、それで覚えたりすることも多かったですし、あと、幼い頃から仕事をしていたので、その都合上知らないとまずいこともあったので、それらは教えてもらいましたし！　あ、あとさっきも言いましたが、師匠に読み書きは教えてもらいました！　天才なんて、そんな大層なものではないです！」

「いや、学校というものに通っていないということであろう？」

「え？　あ、はい。なので、知らないことも結構あるんです……間に合うでしょうか」

「あぁ。ふむ。では最初に簡単なテストをしてから決めよう。本当に無理な場合は、参加はしても黙っておくとか、そっと待機しておくとかそういうこともできるしな」

「……はい」

そして私はその後、アスラン様が作ってくださった簡単なテストを受けていった。

私はどうだろうかとドキドキとしていたのだけれど、アスラン様はテストの結果を見て驚いた表情で言った。

「やはり天才だな。これであれば十分大丈夫だと言えるだろう。だが、せっかくの機会だから学びは深めてもよさそうだ」

その言葉に私は驚いた。

「え!?　本当ですか？」

「あぁ。元々食事でのマナーも良いし、どこかで習ったものとばかり思っていた」

私はその言葉に、少し嬉しくなった。

「ふふふ。本当ですか？　そう言ってもらえると嬉しいです。実は小さい頃に両親や他の人達にマナーが悪いと怒られることがあったので、必死で他の人の真似をして身に着けたんです」

その瞬間、アスラン様の眉間にしわが寄った。

「……君は本当にこれまでよく頑張ってきたのだな」

「え？　えっと、そう……でしょうか」

「あぁ。せっかくの機会だから、学びたいことがあれば学べるように手配しよう。君はしっかりとリストのものを集めてくれているから、仕事を数時間早く切り上げられるようにして、その時間をあてるようにしてはどうだろうか。採取の仕事を舞踏会まで休んでもいいのだが……君の性格上、それは嫌なのではないかと思ってな」

私は同意するようにうなずいた。

「もちろんです。働いてもいないのに、アスラン様のお屋敷に住まわせてもらって舞踏会にまで出るなんて、そんなことできません！」

「あぁ。分かった。三時間ほど早く仕事を切り上げ、その三時間を舞踏会の準備にあてよう」

「私は嬉しいですが、本当にいいのですか？」

「もちろんだ」

私は嬉しくて、せっかくなのでこの機会に勉強したかったことはさせてもらおうと思ったのであった。


そしてそんな会話があったからこそ、私は今まさに、一生懸命に舞踏会のダンスの練習をしていた。

「ああああの、参加だけなら、ダンスはいいのでは？」

アスラン様の手が私の腰へと回り、私のことをしっかりと支えている。

私とアスラン様とでは月と鼈《すっぽん》。いや、月と石ころくらいの差がある。美しい顔が近くにあること自体心臓が痛いというのに、耳の近くでアスラン様の声が響いた。

「私がシェリー嬢と踊りたい」

「へ？」

アスラン様はいたずらっぽく微笑みを浮かべていた。

美丈夫の笑顔ずるい。

私は必死にダンスの練習にいそしむのであった。


最低限のテーブルマナー。そして頑張ったダンス。私はこの状況で舞踏会に参加して本当に大丈夫なのだろうかという不安でいっぱいであった。

そんな私の不安とは裏腹に、舞踏会に向けての準備は着々と行われていく。

用意されているドレスは、夢のような美しさであった。まるで物語のお姫様が着るかのようなふわふわでキラキラとした生地には、光を反射して美しく輝く刺繍が施されている。

それを眺めているだけでもうっとりとしてしまう。

「……綺麗ですねぇ。お姫様みたいです」

そう呟くと、侍女さん達はくすくすと笑う。

「シェリーお嬢様が着られるんですよ。ふふふ。きっとお似合いになりますよ」

「おそらくシェリーお嬢様に皆が見惚《みと》れてしまいますよ！」

侍女さん達はすごく褒めてくれるけれど、本当かなぁと私の不安は変わらない。

「さぁさぁ、準備をいたしましょう」

「さらに美しく、変身いたしましょう」

「あ、自分で！　自分でお風呂入ります！」

「おほほほほ。大丈夫ですわぁ～」

「さぁ、参りましょう～」

「ひょえぇぇぇー！」

相変わらず侍女さん達は一瞬で私の身ぐるみをはいでいく。

朝一からお風呂に入れられ、マッサージを施され、最初こそ幸せだなと思っていたのだけれどドレスを着せられた辺りから少し疲れてきた。

採取をする時の疲れとは全く違う疲れである。

体力を削られるというよりは精神力を削られていくようなそんな感覚を味わいながら、貴族のご令嬢というものは本当にすごいなと感心してしまう。

この一か月程度、私は必死にテーブルマナーとダンスと社交界について学んできたのだけれど、これを常と思って生活している人達はすごい。

すぐに体を動かしたくなる私とは全く違った人種の人達なのだと思いながら、そうした人達がいるからこそ、この国は回っているのだろうなと尊敬の念を抱いた。

ただ、尊敬したところで身に着くわけではない。

「私……大丈夫でしょうか」

侍女さん達に本心を吐露すると、以前私の化粧をしてくれた侍女のマリアさんは一歩前に進み出て、瞳を輝かせながら言った。

「大丈夫です。アスラン様がご一緒ですから！」

あの化粧の一件から、マリアさんは私を着飾らせるのを楽しんでくれているのか、アスラン様が今回の舞踏会の為に宝石やドレスなどをそろえてくださると、それに合わせた小物なども準備してくれた。

アスラン様にこんなに色々としてもらっていいのだろうかと思ったのだけれど、侍女さん達全員から、男性が用意してくれたものを返すのはむしろ無礼に当たると言われて、受け取ったのであった。

侍女さん達は楽しそうに会話をくり広げており、皆が楽しそうである。

「そうですよ。ふふふ。あのアスラン様が女性をエスコートされる日が来るとは、私達は嬉しくて嬉しくて。しかもシェリーお嬢様のように素敵な方なら、なおさら嬉しいです」

その言葉に、私は瞼を閉じる。

この屋敷の侍女さんや執事さん達は、ただの採取者でしかない私にとても親切で、その上、アスラン様に近づくなとか、お前のようなちんちくりん、この屋敷からさっさと出て行けとか、そんなことを一切言わない心の広い方々である。

「皆さんが優しすぎます」

そんな私の言葉に侍女さん達はまたくすくすと笑う。

髪に櫛が通されて美しく編み込まれていく。それを眺めながら、これも職人の仕事だななんてことを考える。

「魔法の手のようですね」

思わずそう呟くと、侍女さん達は優しく微笑んだ。

「シェリーお嬢様は本当に可愛らしい方ですね」

「貴族のご令嬢方にとってはこの時間は休憩時間なのに、シェリー様はじっと見つめて、ふふふ。小さなお嬢様のようで可愛らしいです」

「あ、すみません。つい癖で観察しちゃって。それにこんな風に髪の毛を結ってもらうなんて、本当に小さな時以来で嬉しいです。ありがとうございます」

そう伝えると、一瞬侍女さん達は手を止めたのちに、すぐに笑顔で言った。

「これからは、毎日私達が結ってもいいですか？」

「これまで遠慮していたのですが、ご迷惑でない時はぜひ」

「シェリーお嬢様をこれからも着飾らせていただく栄誉が欲しいのです」

侍女さん達にそう言われ、私は驚きながらも嬉しくて、大きくうなずいた。

「はい！　ぜひお願いしたいです！　いいんですか!?　あ、でも、採取が深夜の時とか朝一の時とかはできないんですけれど」

「シェリーお嬢様の都合のいい時だけでいいのです」

その言葉に私はまた嬉しくて何度もうなずいた。

「お願いします！　ふふふ。こんな風に可愛くしてもらえたら、アスラン様の横に立つ時に勇気が湧きます」

「勇気ですか？」

首を傾げる侍女さん達に私はゆっくりとうなずいて言った。

「ええ。あの美丈夫のアスラン様の横に立つなんて……勇気がいります」

「まぁ」

侍女さん達は楽しそうに準備を進めていく。部屋は温かな雰囲気で、優しい空気に包まれていた。

あぁ何だろう。

幸せだ。

私は舞踏会に行く不安が和らぎ、綺麗にしてもらうことで勇気を貸してもらえたような気持ちになった。

そして生地の良いドレスとはこんなにも着心地の良いものなのだと、私はそう感じた。

滑らかな肌触りと、羽のような軽さ。

胸元が開いており、肩が出ている大胆なドレスに最初は無理だと悲鳴を上げたけれど、侍女さん達からとても似合っていると太鼓判を押してもらえたことで、どうにか着ることができた。

着ていても窮屈な感じはなく、身動きも取りやすかった。ただ、胸元と、開いた背中がスースーとする。

着ているのは平民の私で、周りから笑われるのではないかという不安は胸の中にある。

だけれど。

ふわりと広がる可愛らしく艶やかなドレスは、私のそんな不安を消し去るように美しく輝く。

侍女さん達からは大絶賛であった。

「シェリーお嬢様！　とても可愛らしいです」

「素敵です。はぁぁぁ。これはアスラン様も喜ばれますわ」

「はぁぁぁ。お美しいですぅぅぅ」

私は照れながらも、アスラン様にも褒められたらいいなぁとドキドキしながら、彼が待っている階段下へと、ゆっくりと侍女さんの手を借りて向かった。

アスラン様は私のドレスとペアの衣装を身にまとっており、その姿は神々しさを纏っていた。

「ふわぁ……アスラン様……素敵です」

思わずそう声を漏らすと、こちらへと視線を向けたアスラン様は目を見開き、それから私の方へと歩み寄ってくると、優しい笑みを向けてくださった。

「シェリー嬢。綺麗だ」

ぶわっと顔が熱くなる。

この人は人たらしだ。

私みたいな人間に、こんなに甘い微笑みを向けるのだから。

心臓がうるさい。自覚してしまった自分の感情をどうにか抑えようとするけれど、すぐに口からこぼれそうになってしまう。

けれど一度口にしてしまえばどんどん言葉が溢れてしまいそうで、私はそれを呑みこんだ。

「ありがとうございます」

そう答えると、アスラン様は楽しそうに笑って私の手を取り、エスコートをしてくれた。

いつも野原や山を駆け回っている私がエスコートされる日が来るなんて、少し前まで思いもしなかった。

けれど、横を見ればアスラン様がいて、私は、こんな幸運があるのだなぁと、この瞬間をしっかりと胸に刻もうと、そう思った。

そして馬車に乗っている間は、なんだかそわそわとするような不思議な感覚がした。

貴族の令嬢達はやはりすごい。貴族には婚約者がいるのが当たり前だそうだが、そうした人達は毎回エスコートしてもらって、馬車に乗って舞踏会へ向かうのだという。

こんなにドキドキとするのに、こんなにふわふわとした気持ちになるのに、それを舞踏会が開催される時には毎回味わうのかと思うと、心臓が強いなと思う。

採取者の仕事は、自然をよく観察しながら、雨や泥にまみれて突き進む。

　こんなふわふわとした気持ちなど、味わうことはない。

　私はいつかアスラン様に恋人ができたら、もう二度と味わうことのない感情だろうなと思い、今のこの時間を堪能させてもらおうと思った。

　堪能するとは言っても、何をするわけでもない。

　ただ、空気と時間を静かに感じるのだ。

「シェリー嬢。口数が少ないようだけれど、緊張しているのか？」

「え？　あ、はい」

　今の時間を堪能していましたとは言えず、私は曖昧に笑みを浮かべると姿勢を正した。

「大丈夫。私が傍にいる。危険なことはない」

「あ、はい」

　恥ずかしくなる。アスラン様の横に立つことに緊張しているなんて。

　そして、アイリーンのことが頭からすっぽりと抜けてしまっていた自分に少し驚いてしまう。

　以前まで私の世界の中心にはアイリーンがいた。けれど今、私の世界の中心は私で、そしてアスラン様のことを考えている。

「今回の舞踏会には王城のパティシエによる豪華なデザートもたくさん並ぶという。後で思う存分に食べるといい」

　その言葉に、私は少しだけ唇を尖らせた。

「……私、食い意地が張っていると思われていますか？」

アスラン様は少し驚いたように目を見開くとその後、苦笑を浮かべた。

「違う。ただ、君が幸せそうにお菓子を食べるから、それを見るのを私が勝手に楽しみにしているのだ」

ぐっと私は胸に手を当てて唇を噛んだ。

アスラン様が甘すぎて、私の心臓は一瞬止まりかけた。

馬車は王城へと着き、そして私とアスラン様はいよいよ舞踏会の会場へと足を踏み入れる。

緊張するけれど、アスラン様が横にいるからか不安はなかった。

見上げれば高い天井と、広く声が響く空間。レーベ王国の神殿は白を基調とした色合いであった。

しかしローグ王国の王城は違う。

壁には様々な絵画が飾られており、長い廊下には彫刻や細部まで細かく仕上げられた巨大な壺などが置かれている。

絶対に、何も触れてはいけない。

指一本触れるだけで壊れてしまうような気さえするので、できるだけ廊下の壁側へは近づかないようにしようと思った。

長い廊下を通り、そして会場へ入場する為の門へと差しかかる。

私達は門番の方に名簿でチェックされると、会場へ足を踏み入れた。

渡り廊下も天井がかなり高かったけれど、舞踏会会場の天井はさらに高かった。しかも天井にはステンドグラスの窓がいくつもあり、月の光がわずかに見えた。

会場内には楽器の演奏が邪魔にならない程度に流れており、煌《きら》びやかな貴族の人達が楽しそうに談笑する姿が目に入った。

「すごい……これが、舞踏会」

緊張とその厳かな雰囲気に圧倒される私にアスラン様は言った。

「シェリー嬢は姿勢がいいな」

「そうですか？　ですが、ヒールは履き慣れていないので何だか変な感じです」

「あぁ。確かに女性のヒールに私は三十分も耐えられそうにない。女性はすごいな。だが、そういう割には全く問題なさそうだが」

「ええ。履き慣れませんが、バランス感覚はあるほうなので問題はありません」

「なるほど」

そんな会話をアスラン様としていたのだけれど、ふと視線が集まっていることに気がつき、なんだろうかと私は背筋をまた伸ばした。

そしてはっとする。

美丈夫のアスラン様の横に立っているのだから、それはそれは目立つだろう。

美しいアスラン様の横にいるちんちくりんは一体何者かなんて言われているのかもしれない。

私は今だけはアスラン様のパートナーでいられるのだということを改めて実感する。

「その、不思議な笑い方は……どうしたのだ？」

「あ、すみません」

つい、美丈夫の隣、いいでしょう？　今だけですけれど、今だけですけれど、今日は隣にいられるんです。ちんちくりんですが許してください、なんてことを心の中で呟いていたとは言えない。

「皆が見ているな」

アスラン様の言葉に私はうなずいた。けれど次の言葉に驚いてしまった。

「君がとても美しいから、皆見惚れているのだろう」

「へ？」

「少し妬けるな。美しい君を皆に自慢したいという気持ちと、見せたら勿体ないという気持ちとを抱いている。不思議なものだ。こんな感情初めてで、なかなかに興味深い」

「え？」

ふっとこちらを見てアスラン様が微笑む。

私はアスラン様の言葉に、一瞬勘違いしそうになって首を横に振って自分を律する。

美丈夫相手に邪《よこしま》な考えを抱きそうになる自分の心を戒め、私は小さく呼吸を整えた。

「皆アスラン様を見ているのですよ。ふふふ。私は騙されませんよ。馬子にも衣裳と褒めてはいただきましたが、ちゃんとわきまえております。美しいアスラン様を皆見ているのです」

そう自信満々で告げると、アスラン様はきょとんとした表情を浮かべたのちに、口元に手を当て、楽しそうに目を細めた。

「可愛らしい人だな」

「へ？」

アスラン様が微笑みを浮かべた瞬間、会場から悲鳴のような声が上がった。

「あの、無表情のアスラン殿が……笑った」

「嘘でしょう？　あの、あのアスラン様が？」

「はぁぁぁあ！　あの人誰？　アスラン様の横にいる人は一体誰なの!?」

「いやぁぁぁぁ。私の心のオアシスがぁぁぁぁ」

そんなに大きくはないけれど、耳の良い私にはそんな悲鳴とも言える声が響いて聞こえてきた。

そして、その言葉に私は首を傾げてしまう。

笑わない？　アスラン様が？

そういえば、以前もそのような話を聞いたことがあったけれど、そうだろうか？

よく笑って、微笑んで、私の頭をぽんぽんと撫でてくれるアスラン様が？

私の前では、笑ってくれる、アスラン様が……。

一瞬自分だけが特別のような錯覚に、慌てて頭を振ってその考えを振り払う。

だめだ。勘違いをするな。

私はしっかりと呼吸を整える。そんな私を見てアスラン様は楽しそうであった。

「君は本当に……あぁ。せっかくの楽しい時間だというのに、すでに来ていたようだな」

「え？」

首を傾げた私は、アスラン様の視線の先を追い、そこにいる人物を見て体をこわばらせた後、ぎょっとしてしまう。

「え？」

こちらを恐ろしい形相で睨みつける、アイリーンがいた。けれど、その姿に私は驚いてしまう。美しかったアイリーンの金色の髪はくすみ、完璧とまで言われた妖精のような華奢な体は肉付きがよくなっていた。

どことなく顔色も悪く、目の下には隈ができていた。

「……噂とは違った印象だな」

「？？？」

私はアイリーンの変わりように、言葉が出なかった。

◇◇◇

今まで自分の立場が危うくなるなんて考えたこともなかった。

聖女としての務めを果たすことができなくなり、体重は減らそうとしてもどんどんと増えていく。それに伴って髪色もくすみ、肌も荒れ始めて、私はどうしてこうなったのか全く理解ができなかった。

そこで思い出したのだ。

お姉様が毎日のように健康に良さそうだと言っては私に差し入れてくれていたお茶や食べ物を。お姉様が持ってくる物は私の好みの味ばかりだったから、くれるのであればと口に運んでいた。そして知り合いの酒場の店主からもらったという化粧水や体調を整える薬なども定期的にもらっていたのだ。

それが底をつき、私の体はどんどんとおかしくなっていった。

意味が分からなかった。

少し前までは、他の聖女達からは何をしたらそんなに美しさが保てるのかと尋ねられてきた。けれど、自分では意識していなかったので何もしなくても自分は美しいのだと思っていた。

まさかお姉様が持ってきたものがよかったのだろうかと気がついたのは、体重がかなり増えてからである。

そしてお菓子に手が伸び、太り、肌が荒れ、またいらついてお菓子を食べるという悪循環の中で、私は今の自分を作り上げてしまった。

全てお姉様が悪い。

私の為にと持ってきてくれていたのであれば、お姉様がいなくなった後にもちゃんと私の手に届くようにしておいてくれればよかったのに。

そうした配慮ができないから、お姉様はぐずなのだ。

私はいらだち、だからこそヨーゼフ様から提案があった時には心から喜んだ。

「ローグ王国の建国祭の舞踏会ですか？」

「あぁ。どうやら現在、シェリー嬢はローグ王国にいるらしい。妹である君からの願いであればきっと我が国に戻ってきてくれるだろう。国王陛下からも戻ってくるよう説得するようにと命じられて、僕と君でその舞踏会に参加することが許されたんだ」

私はその言葉にも喜んだ。そして何よりヨーゼフ様が自分の元へと来てくれたことが嬉しかった。

ブタと呼ばれた日からずっとヨーゼフ様は全く会いにも来てくれないし、一緒に過ごしてもくれなくなり私は心配していたのだ。

いくら会いたいと手紙を出しても、忙しいと断られていた。

今まではすぐにでも会いたいと言ってくれていたのに、どうしてなのかと不安に思ったけれど、やはり杞憂だったのだ。

「そうなのですね！　お姉様であれば、私が言えばすぐに帰ってきますよ」

「あぁ、そうだろう。シェリー嬢は、君のことを大切にしているからな。ふぅ。これでどうにか落ち着くだろう……いいか、絶対にシェリー嬢に帰ってきてもらうんだ。じゃなければ君との結婚も危うい」

「え？　な、何故ですか!?」

焦ってそう言うと、ヨーゼフ様は私の横に座り静かな声で囁いた。

「……君が横流ししたシェリー嬢の採取物が、現在問題になっている」

「え!?」

ガタンと私は音を立てて立ち上がった。何故横流しが問題になるのか分からなかった。

「な、なんでですか？　だだだだって、だってヨーゼフ様が紹介してくれた人に買ってもらっていただけなのに！」

「神殿所属の聖女の為に集められた採取物は全て神殿の所有物だと、君は学んでいるはずなのに知らなかったのか。バカだなぁ」

「え？」

今まで優しかったヨーゼフ様から呟かれた言葉に私が目を丸くしていると、彼は肩をすくめた。

「まぁ、僕もそれを利用させてもらったんだけど。でも、もし今回の作戦が失敗したら全て君に罪を被ってもらうから」

「え？」

意味が分からずに呆然としていると、顎をぐっとヨーゼフ様に摑まれ、睨みつけられた。

ほっぺたが潰れる痛みと、突然のことに私は視線を彷徨わせて混乱していると、ヨーゼフ様は今まで見たことのない表情でにやりと笑った。

「我がレーベ王国は聖女の守護する国。そんな聖女と同等の力を持つと最近魔術師が台頭してきていてね。そんな魔術師を輩出するローグ王国が目障りになってきたんだ。だから、君が売りさばいたものを利用させてもらい、ローグ王国に一泡吹かせてやろうとたくらんでいたのだけれどな、シエリー嬢がいなければ今後動きづらい。しかも、彼女を取り戻さなければ陛下がうるさいんだ」

ニヒルな笑みを浮かべるヨーゼフ様は、優しい王子様ではない。どこか危ない雰囲気に、私の胸は高鳴った。

「ど、どういうことなんですか？」

「君が売ったと思っているものはね、僕がローグ王国の裏ルートに流していたのさ。実験がてら呪いを込めたものを混ぜてね」

「実験？　呪い？」

「そうさ。聖女の力を反転させた呪いはどのような効力があるのか気になってね。数名の聖女に協力してもらい、それをローグ王国へ流したんだ。うまくいけばローグ王国に一泡吹かせることができる。陛下は友好関係を築くべきだというが僕は反対なんだ。聖女と魔術師は相いれない存在だ」

いずれレーベ王国を率いるのはヨーゼフ様である。だからこそ未来を見越してローグ王国側に仕掛けたのだろう。

なんて賢い方なのだろうか。

私は胸がさらにときめくのを感じていると、ヨーゼフ様は言った。

「ちょっと問題が起こって今まで使っていた聖女が使えなくなってね。だからこれからは君が聖女の力を反転させた呪いを生み出す為に協力してくれ。婚約者だろう？」

顎を摑んでいた手が緩められ、頰を軽くぺしぺしと叩かれた。そして期待のこもったその瞳で見つめられ、私は大きくうなずいた。

「もちろんです！　ヨーゼフ様の為なら協力しますわ」

「それは良かった。ではこれからのことについて話をしよう」

ヨーゼフ様は聖女を大事に思うからこそ、魔術が盛んなローグ王国を嫌悪するのだろう。

いずれレーベ王国はヨーゼフ様のものになる。そしてそれは同時に私のものでもある。

私はうっとりとしながらヨーゼフ様の言葉を聞いたのであった。

あれから何度かヨーゼフ様の元で聖女の力を反転させる呪いの実験にも参加し、ヨーゼフ様に褒められると嬉しいし、もっと頑張ろうと思った。

体に痛みが走らなかったと言えば噓になる。初めて感じる痛みと苦痛に何度も泣いて嫌だと言ったけれど、ヨーゼフ様は許してくれなかった。

けれど、ちゃんとやり遂げればヨーゼフ様はとても褒めてくれた。

それが嬉しかった。

痛みと引き換えに、ヨーゼフ様に褒められるのであればと頑張るようになった。

けれど頑張れば頑張るほどに、もっと素材が必要だと思うようになった。

お姉様を早く連れ戻さなければならない。

妹の私が帰ってきてと言えばすぐに帰ってくるだろう。

そう思っていた。

「誰よあれ……何よ、あの姿……」

「シェリー嬢……美しい……」

「ヨーゼフ様!?」

「あれほどまでに……磨けば光るのか……まぁいい。国に帰ってから……」

「ヨーゼフ様！　よ、ヨーゼフ様には私がおりますわ！　うふふ。ね？」

「……」

いつも以上に宝石もつけてきたというのに、以前までは会場に入ればうっとりとした目で皆が私のことを見てきたというのに。

誰一人、私を見ない。

そして今、皆が視線を注ぐのは、美丈夫の横に並ぶお姉様であった。

「何よ……ふざけないでよ……おまけのくせに。おまけごときが、でしゃばるなんて……許せない」

私の怒りは頂点に達していた。

◇◇◇

アイリーンの変わりように私が動揺していた時、横にいたアスラン様が私の手をぎゅっと握る。

突然どうしたのだろうかと慌てて見上げると、アスラン様は私のことをじっと見つめて、声を潜めて言った。

「シェリー嬢。相手に何があろうと、君とは関係のないことだ。今の感情に流されてはいけないぞ」

その言葉に、私はハッとした。

その一瞬で私の心の中はアイリーンに何があったのかという心配で埋め尽くされていた。習慣とは怖いものだと思いながら、私は呼吸を整える。

私は私の人生を歩む。

アイリーンはもう一人の大人で、彼女を支えていくのは、私ではなく彼女の横にいるヨーゼフ様だ。

「すみません。ありがとうございます。アスラン様」

アスラン様は私の瞳をじっと見つめながら、囁くような小さな声で呟く。

「君はもう、君のことを大切にしてくれる相手と生きていくべきだ。……君のことを大切にしない人物の元へは帰らないでくれ」

懇願するようなその言葉に、私はドキリとする。

勘違いしそうになるので、もうやめてほしいと思いながら、私は小さく息を吐いた。

「……はい。私、あれからちゃんと考えました。もう私達はいい大人。だからそれぞれの道を歩んでいい。私はもう、あのかび臭い部屋に戻りたくないです」

「かび臭い部屋？」

「えぇ。レーベ王国の私の部屋です。小さな部屋で、狭くてかび臭くて、まぁ寝に帰るようなものでしたから、問題はなかったのですが……」

暗く、ただ眠る為だけに帰る、ひっそりとした小さなかび臭い部屋。あの部屋にいい思い出などない。

「……はぁ……君にはもっと話を聞かなければならないことがたくさんありそうだ」

「え？　そう、ですか？」

「あぁ」

そうかなと思いながら、私はアスラン様の屋敷のことを思う。

皆が私のことを笑顔で受け入れてくれて、お布団はふかふかで、美味しいものも食べさせてもらえて、そして何より、アスラン様がいる。

いつかは出て行かないといけないかもしれない。

けれど、あのかび臭い部屋にだけは戻らない。

それに。

「……私は……アスラン様の……」

傍にいたい。

その一言を言いたくて、でも言えなくて、私が息を呑んだ時、久しぶりに聞く声が耳に入った。

何事もなかったかのように。

「お姉様、元気そうね」

「お久しぶりです。シェリー嬢」

私は振り返り、そこに立っているアイリーンとヨーゼフ様を見た。

二人は笑顔であった。いらだちを隠したその笑顔を見つめながら、どうして何事もなかったかのようにできるのだろうかと思った。

私の心臓がドクドクと脈打つのを感じた。

一瞬でその場の空気が薄くなるような、息がしづらいようなその感覚に、自分は今緊張しているのだということに気づいた。

アイリーンと話すことにも、ヨーゼフ様と話をすることも、私にとっては緊張することなのだという事実に、自分で驚いてしまった。

私はなんと言葉を返そうかと思ったけれど、言葉が出てこない。

するとと横に立っていたアスラン様が先に口を開いた。

「初めまして。ローグ王国魔術師アスランと申します。シェリー嬢には現在、私の専属採取者をしていただいています」

その言葉に、アイリーンは驚いたように目を見開き、ヨーゼフ様は知っていたのだろう、微笑んだままうなずいた。

「アスラン殿。初めまして。レーベ王国第二王子ヨーゼフ・レーベと申します。あぁ、今だけアスラン殿の採取者をしているのですね。ふふっ。こんなに美しい女性を独占できていたなんて、アスラン殿は運が良かったですね」

「は、初めまして。お姉様がお世話になっております。私は妹の聖女アイリーンです。ですが残念ですわね。お姉様はレーベ王国に帰りますから、専属契約は解消ですね」

さも当たり前のようにそう言った二人に私は驚いた。

何を言っているのであろうか。私はアスラン様の専属をやめるつもりはない。

「お久しぶりです。あの、何を言っているのです？　私は今後もアスラン様の専属採取者をする予定ですが」

すると、アイリーンが私の腕をぎゅっと摑んで、それから怒るのを我慢しているような顔をした後、笑顔で言った。

「帰ってきてお姉様。お姉様がいないと困るの」

「そうですよ。アイリーンのこの姿を見てください。シェリー嬢がいなくなって酷く寂しい思いをしたのでしょう。姉である貴方はアイリーン嬢の傍にいるべきでしょう？　それに、僕にだって会いたかったでしょう？」

にやりと笑いながら言われた言葉に、ぞわりと身の毛がよだつ。

「な……なにを」

「ふふ。君は本当に罪作りな女性ですねぇ。僕はあの日の夜も待っていたというのに」

アスラン様の前でそんな誤解を生むような発言をしないでほしいと思っていると、横にいたアイリーンが私のことをぎっと睨みつけてきた。

何故そのように私が睨みつけられなければいけないのか。ヨーゼフ様を止めてほしいと内心思いながら私は言った。

「私にはそのような気はございません」

「はぁ。まぁとにかくこの舞踏会が終わったらレーベ王国へ帰る仕度を済ませてくださいね」

「……そうよ。さっさと仕度を済ませて、一緒に帰りましょう」

まるでそれは決められていることで、それが当たり前のように放たれた言葉。

私は、その言葉で、はっきりと見切りをつけることができた。

今、アイリーンはおそらく困っていて、だから私に帰ってきてと言っている。そこに私の意思も、私のことを思う気持ちも、一つもありはしない。

私は今までこんな人達の為に使われてきたのだなと、客観的に感じることができた。

そして、私は静かに、あの日のアイリーンの言葉を思い出しながら、口を開いた。

「……それ、私にメリットはある？」

今までアイリーンと過ごしてきて、メリットデメリットで物事を決めたことはない。

妹であるアイリーンを、姉であるからというだけで守ってきた。

愛情があった。

たとえ両親の愛情が全てアイリーンへと向いていたとしても。

アイリーンばかりが優遇されて、自分が冷遇されようとも。

空腹で夜眠れずに、うずくまっていた日も。

家の中で楽しそうにする両親とアイリーンの姿を、外でじっと見つめた日があっても。

ずるいと、羨ましいと思わなかったわけではない。

それでも、自分は姉だからと、我慢するのが当たり前なのだとそう自分を押し殺してきた。

けれど、もうアイリーンは小さな子どもではなく庇護するべき相手でもない。

「は？」

一瞬、アイリーンがいらだっているのが表情に表れた。

人前では猫かぶりの妹。そして、人前ではすました表情を浮かべているけれど横にいるヨーゼフ様は自己顕示欲の強い男性である。

「シェリー嬢。よかったら別室で話をしよう。なんなら、あの日の続きを、ね？」

場違いな言葉に私は顔をひきつらせそうになる。

「今から舞踏会が始まるのに、それは難しいでしょう」

ヨーゼフ様の提案に、アスラン様が即座に断りを入れた。

はっきり言って先ほどからヨーゼフ様の視線が以前以上に気持ちが悪い。

体を舐め回すかのように私のことを見つめてくるのである。

アイリーンは私の腕をぎりっと握った。

「ねぇお姉様、お願い。妹の私のお願いを断るわけないわよね？」

妹、妹、妹。

姉、姉、姉。

姉妹。

私の中で、鎖でがんじがらめになった姉という形が、静かに崩れ落ちていくのを感じた。

アイリーンの手に自身の手を重ね、そしてやんわりとその腕から逃れると、私は首を横に振った。

「もうお互いにいい大人だわ。貴方は妹でとても大切だった。貴方がいてくれたから、私は頑張れた。けれど……貴方にとって私はそうではなかったでしょう？　私は私を大切にしてくれる人の傍で、これから人生を歩んでいくわ。貴方はもう関係ない。……本当はね、仲の良い姉妹でいたかった。けど、今の関係性はおかしいし、貴方にとって私はおまけで、そして邪魔で大嫌いな相手でしょう？」

私は笑顔でさよならを言う決意をした。

「さようならアイリーン。大切な妹。これからはもう別々に道を歩むけれど、貴方のことを大切に思っていたことは本当よ。でも、これからはもう違うの。ばいばい」

「え？　は？　何言ってるの？」

アイリーンには私の言いたいことが分からないのかもしれない。

今まで当たり前だと思ってきたことが当たり前ではなくなったのだろうから。

「大好きだったよ」

可愛かった。

大切だった。

辛かった時、アイリーンがいたから踏ん張れたこともある。

アイリーンが笑ってくれたら頑張れた。

でも、でも……もういいでしょう？

お姉ちゃん。頑張ったでしょう？

だからもうお姉ちゃんは卒業。

これからは、アイリーンのおまけではなく、自分の為に生きていく。

アイリーンとヨーゼフ様が驚いたような表情をしている間に、私はその場からアスラン様の腕を引いて離れることにした。

二人は隣国の来賓ということでその後すぐに他の人達に声をかけられ対処しなければならなくなり、追いかけてくることはなかった。

私はアスラン様の手を引いて飲み物が置いてある場所へと移動すると、息を吐いた。

「はあぁぁ。緊張しました」

「頑張ったな」

「はい……ふふふ。なんだか、バカみたいですね」

「どうした？」

「さっきの二人の言葉を聞いて、なんだか……虚しくなりました。多分、二人にとって私は楽に使える道具でしかないんでしょうねぇ。そんな雰囲気でしたもん」

自嘲気味に笑ってしまうと、そんな私にアスラン様は飲み物を手渡してきた。そして、私が持っているグラスに自分のグラスを重ね、笑顔で言った。

「そんな二人と決別できた君に乾杯」

私は驚き、グラスを見てそれからアスラン様を見つめて、笑ってしまった。

「はい。ふふふ。乾杯」

「乾杯」

緊張のせいで喉が渇いていたのだろう。

果実水が喉を通っていく瞬間、何となく、心の中のつっかえが取れたようなすっきりとした爽快感を、私は覚えた。

第七章　聖女の力を反転させた呪いと結末

アスラン様と私は飲み物を飲みながら談笑し、その後、国王陛下と王太子殿下がファンファーレと共に入場を果たされ、皆に挨拶を述べた。

壇上で堂々と挨拶をする王太子殿下は、人々を惹き付ける魅力のある男性である。

貴族の令嬢達はうっとりとした表情でその姿を見つめており、私は王太子殿下は人気があるんだななんて俗物的な考えをしていると王太子殿下と視線が合った気がした。

こちらを見た王太子殿下は笑みをこちらへと向ける。

挨拶が終わると、王太子殿下が令嬢の一人とファーストダンスを踊り始めた。そして一曲踊り終えると拍手が巻き起こる。

そしてそれに続くように他の貴族達もパートナーと共に踊り始めた。

王太子殿下は皆に愛嬌を振り撒いており、女性を勘違いさせて悲劇を生むに違いないと私は内心思っていると、アスラン様が口を開いた。

「王太子は立場上、貴族の令嬢からは好意的に見られる。だからこそ、ちやほやされることが当た

り前でな。だからこそなのか、運命の愛なんてものに憧れている」

「え？」

「だが、私は王太子殿下に君を譲るつもりはない」

「へ？」

一体何の話だろうかと呆然としていると、アスラン様は私の方へと視線を真っすぐに向けて、目の前に跪いた。

「間もなく、ダンスが始まる。シェリー嬢。君と踊る栄誉を、私にもらえないだろうか」

パートナーとして来たのだから、ダンスを一緒に踊ることは当たり前だと私は思っていた。

だからダンスをわざわざ申し込まれることなどないと思っていた。

不意打ちに、私の心臓はばくばくとうるさいくらいに鳴って、顔に熱がこもる。

翻弄されてばかりである。

「……はい。よろしくお願いいたします」

そんな私をじっとアスラン様は見つめ、そして口を開いた。

「できればこれからもずっと君と踊れる栄誉も欲しい」

「へ？」

アスラン様は私の手を取り、手の甲に口づけを落としながらこちらへと視線を向けた。

「女性に対して、このように心を惹かれることが初めてで、うまく伝えられてないようで歯がゆい」

これではまるで告白のようである。

私は顔を真っ赤にしながら、声をあげた。

「アスラン様。これは、これは勘違いしますよ？　あの、そういうセリフは好きな女性に言うもので」

アスラン様の目が驚いたように見開かれた。そしてそれからなるほどとうなずくと、静かに言った。

「ふむ。まだ伝わっていない。雰囲気を大切にと助言を受けたのだが、君には直接的な言葉の方がいいようだ。シェリー嬢。私は君を慕っている。好きだ。愛しい。だから一緒にこれからもいてくれ」

「ひぇ!?」

これまで勘違いしてはいけない、こんな美丈夫が自分のことなど好きになるわけがないと律してきた。

だけれど、これは一体どういうことなのだろうか。

頭の中が混乱して動揺していると、アスラン様は私の手を取り、そして腰を抱く。

「返事を聞かせてもらいたい」

私は両手で自身の顔を覆うと、小さくうなずき、返事をした。

「……好きです……一緒にいてくれたら……嬉しいです……」

恥ずかしすぎる。こんな煌びやかな舞踏会で告白をされるなんて思ってもみなかったし、こんなダンスを踊る前に突然……恥ずかしすぎる。

指の隙間からちらりと覗き見ると、アスラン様は嬉しそうに微笑み、幸せそうであった。

「行こう」

「はい」

ダンスフロアへと進み、私達はお互いに一礼をしあう。

フロアのシャンデリアが煌びやかに輝き、宝石箱の中にいるかのようなその雰囲気に、少しずつ鼓動が速くなっていく。

目の前には美しいアスラン様がいて、その手が、私の手と腰へと回った時、音楽が奏でられ始めた。

一緒に踊っている。

こんな美しい場所で告白をされて、皆の前で私は踊っている。

まるで夢のような状況に、現実ではないようなそんなふわふわとした感覚を得た。

そんな私達を見て、周りの人々が声をあげているのが聞こえてきた。

「アスラン殿が踊っている。いくら女性に誘われても断っていたのに」

「まぁ！　あの可愛らしい女性はどなた？　ダンスがお上手ねぇ。素晴らしいわ」

「あああああ。アスラン様……はぁ……お幸せそう……お似合いね」

周りの声に、私はそうなのかとアスラン様を見上げた。

「君は本当に運動神経がいいのだな。短期間でこれほどまで踊れるようになるとは驚きだ」

その言葉に、私は嬉しくなって笑みを返した。

「ほっとしました。ふふっ。足を踏んだらすみません」

「踏んでくれてかまわない。とはいえ、踏まれたことがないので驚きなんだがな」

私達は笑い合った。

ダンスは楽しい。音楽に合わせて踊ることがこんなにも楽しいことだとは知らなかった。

そしてアスラン様と一緒に踊れることが嬉しい。

触れる手と、いつも以上に近い距離感に、心臓がうるさいくらいに鳴る。

恥ずかしさと嬉しさが行ったり来たりしながら、私はアスラン様を見つめた。

「シェリー嬢。君とのダンスは楽しいな」

「わ、私も、楽しいです」

軽やかにステップを踏み、私達は踊っていく。

先ほどのアスラン様の言葉が蘇り、私のことをアスラン様も想ってくれているのだと思うと、なんだか居ても立ってもも居られない。

「まぁぁ。まるで妖精のようね」

「本当に。体に羽が生えているように軽やかだわ」

「素敵ねぇ」

周りの人の声に、確かに羽が生えているみたいだなと感じた。

心の中で、王子様のアスラン様と踊るお姫様の自分を想像して、物語のワンシーンのようなこの瞬間を、一生覚えておこうと私はそう思ったのであった。

アスラン様のような素敵な人と踊れるなんて。

乙女みたいなことを考えてしまった。誰にも言わず墓まで持っていこう。私はひっそりと決意した。

舞踏会は数日間続いていくらしいのだけれど、私としてはアイリーンと決別ができたのでもう十分であった。

アスラン様も、初日のみの参加だと思っていたようで、私達は王城で舞踏会は開かれていたけれど翌日には通常勤務へと戻った。

王太子殿下は今後ヨーゼフ様とアイリーンのことについて調べていくとの話を聞いており、二人の行く末は気になったものの、私にはこれ以上深入りできないと気持ちを切り替えた。

ただ、王太子殿下はアイリーンと話をして情報を得てほしいようなことを、私の前でアスラン様に話していたのだけれどアスラン様がそれをきっぱりと断った。

『たとえ姉妹であろうと、シェリーは採取者の一般女性だ。緊急の場合は仕方がないかもしれないが、現在は差し迫っている状況ではない。故に、しかるべき部署が捜査にあたるのが妥当だ』

現在かなりの情報は得ているようで、王太子殿下も無理強いするつもりはなかったようですぐにそれにうなずいた。

良かったのだろうかとも思ったけれど、私自身、今後アイリーンとかかわっていくことは控えたかったのでありがたかった。

魔術室内は基本的に在庫を切らさないように魔術で作ったものを倉庫へ保管しており、私はその素材である薬草や魔石の在庫を見て、さらにアスラン様から頼まれているリストを確認しつつ採取へと向かおうと思っていた。

「シェリー嬢」

出発前に呼び止められて私が振り返ると、少し心配そうな様子でアスラン様が言った。

「大丈夫か？」

おそらく昨日アイリーンと決別したことを言っているのだろうなと思って、私はうなずいた。

「大丈夫です。話ができてすっきりしたので」

そう伝えると、アスラン様はうなずいた後に言った。

「気を付けて」

「はい。行ってきます」

私達は笑みを交わし合った。なんだかそれが照れくさくなって、私は恥ずかしさからわざと大きめな声で言った。

「では！　皆様も、行ってまいります！」

こちらの様子をさりげなく窺っていた三人は、肩をびくりとさせてから返事をした。

「「「いってらっしゃーい」」」

おそらくは私達の雰囲気の変化に、部屋の中で息を潜めていてくれたのだと思う。

何というか恥ずかしいのだけれど、昨日の今日なので、私とアスラン様との間に何か変化があったわけではない。

私はいそいそとリュックサックを背負ってポシェットをかけ、外へと向かったのであった。

今日向かうのは近くにある王城管轄の小高い山で、そこにある洞窟の中で採取する予定である。

アイリーンのことがあった為、もしも何か分かったり変化があった時には王太子殿下が教えてくれる約束をしている。

内心、決別はしてもやはりアイリーンには幸せになってほしいという思いがある。

だからこそ、どうかアイリーンがかかわっていませんようにと心のどこかで願っている自分がいた。

山の中に入る前に、私はゴーグルと水を通さないようにカッパを着用し、手袋や荷物の最終チェックを行った。

採取は常に危険と隣り合わせ。

慣れてはいても、安全だと思ってはいても、気を抜いてはいけない。これは師匠からの受け売りであり、採取する時には常に心がけている。

「師匠も、元気かしら。腰痛で引退するって言って、定期的に連絡は受けているけれど」

今度様子でも見に行ってみるかと思いながら、私は森の中を進もうとした。その時、私は風の匂いに交じって、違う匂いを感じた。

森の中では、土の匂いと、空気に含まれる水分量や肌に感じる森の雰囲気で、小さな変化を見逃さないようにしなければいけない。

普通の人であれば気がつかないことでも、私にしてみれば気がつかないわけがない。

獣や魔獣の類ではない。

人間だ。

私は呼吸を乱さないように平静をよそおいながら、ズボンに装備している短剣を歩きながらさっと手に取ると、呼吸を整えながらも経路を視線で確認して、一番逃げやすい場所を見つけていく。

こんな場所に身を潜めてこちらの様子を窺っているということは、こちらに害をなす気なのだろうと容易に想像ができる。

これまでも、盗賊や山賊に襲われるという経験はあったものの、その気配とはまた違った雰囲気を感じていた。

私は神経を研ぎ澄ませながら、ゆっくりと歩いていく。

いつでも逃げられるように、できるだけ逃げられる道が多くある方面へと進んでいきたい。

その時であった。

動く気配を感じ、私は現在の場所では逃げ道が限られていると慌てて走り出した。

できるだけ困難なルートへ進みたい。

後ろから追ってくる気配がするけれど、私は山の中へと入り、岩山を跳ぶように駆ける。

この状況であれば逃げられると思った時であった。

「きゃぁぁぁぁ。お姉様ぁぁぁぁ。助けてぇぇぇぇ！」

耳に聞こえたその声に、私は振り返ると走り出していた。

「アイリーン!?」

それは確実に自分の妹の声であり、何故こんなところにという考えよりも、こんな場所で賊に捕まればどんな目に遭うか想像に難くないという思いが先に立った。だからこそ、少しでも助けられる可能性が高まるようにと、体が反射的に行動を開始していた。

黒装束の男達に囲まれるアイリーンの姿が見え、私は人数と位置を把握すると、全力でその場に向かって駆ける。そして一番近くにいた男の足を振り払うと、宙へと跳びあがり、横の男に蹴りを入れ、襲いかかってきた男の懐に入ると、その顎を短剣の柄で突き上げた。

アイリーンを即座に担ぎ上げ、逃げる為にと動こうとした次の瞬間。

体に悪寒が走った。

「うふふ。お姉様ってば本当に単純なんだから」

次の瞬間、ぐらりと視界が反転した。


どのくらいの時間が経ったのであろうか。

目の奥がじりじりと焼け付くようで、頭はまるで何かに叩かれているかのようにガンガンと響いて痛んだ。

焦点が定まらず、目を開けているのにグラグラと揺れている感覚がした。

私は頭の中で今の自分の状況は何によるものだろうかと考えながら、一つの可能性に行き当たり、背筋が凍る。

「あら、お姉様起きたの？」

「……アイリーン？」

少しずつ焦点が合い、視界がクリアになっていく。

私は床に横たわっていたようで、体をどうにか起き上がらせる。

「……どういう、ことなの？」

視線をあげると、そこには椅子に座り優雅にケーキを食べながら紅茶を飲むアイリーンの姿があった。

「アイリーン……ねぇ、アイリーン、どういうことなの？」

再度そう尋ねる。

アイリーンは面倒くさそうに笑みを浮かべる。

その時、もう一つ声が聞こえ、気がついていなかった私は体をびくりと震わせた。

「僕から説明をしようか」

体がいつもの状態ではない。五感が現在通常時よりも遥かに鈍っていることに気づきながら、そこにいたヨーゼフ様を睨みつけた。

「どういうことなんですか？」

すると、ヨーゼフ様は楽しそうに歩み寄ってくると私の胸元を掴み上げて起こし、じっと私のことを見つめると言った。

「言うことを聞かないからこうなるのだ。君はもう僕達に逆らえないし、言うことを聞くしかない。自分の状況が分からないだろう？　だから教えてあげよう」

分からないと思っているのか。

自分は採取者としてかなり舐められているのだなと改めて思った。

だからこそ、挑むように、はっきりと告げた。

「聖女の力を反転させた呪い、そしてこの奴隷の首輪のことを言っていますか？」

告げた言葉にヨーゼフ様とアイリーンは一瞬驚いたような表情を浮かべた。

王太子殿下が受けたような、カモフラージュのあるものならまだしも、元々レーベ王国に住んでいた私が、聖女の力を反転させた呪いについて知らないわけがない。

採取者として聖女がどのような能力を持っているのか、どのように特殊魔石や特殊薬草に力を注ぎ、それがどう影響するのかなど、頭に入れていないわけがない。

そして首に触れる冷たい感覚と、現在の症状を加味すれば、予想するのはたやすい。

「……ははっ。その通り。つまり君は逃げられない」

ヨーゼフ様の言葉に、私は視線をアイリーンへと移すと尋ねた。

「聖女の力を反転させたのは、アイリーンなの？」

私の質問にアイリーンは笑みを深めると両手を広げて嬉しそうに話し始めた。

「そうよ！　まさか聖女がこのような力を使えるなんて！　私知らなかったわ！」

その言葉に、私は無知とは恐ろしいものなのだと改めて感じた。

アイリーンの教育については十歳以降は神殿に託されていた。神殿ならば間違いはないと思っていたのだけれど、そうではなかったらしいと私は知り、唇を噛んだ。

どうしてこうなってしまったのであろうか。

私はアイリーンのことを愛していた。ただ、思い返してみた時に、アイリーンはあまり私のことが好きではなかったのかもしれない。

幼い頃から、自分が優先されることが当たり前という様子はあった。

可愛いアイリーンは皆に愛された。私自身、両親がアイリーンのことばかり溺愛するから寂しく思った時もあった。

けれど妹だから、私だって可愛がった。

間違えた時には姉としてちゃんと教えようとしたけれど、アイリーンはすぐに泣いてしまい、両親からは妹をいじめるなと怒られた。

私は本当にそれでいいのだろうかと思いながらも、そんな時に両親が亡くなり、私はアイリーンの為に必死に働いて、その結果、アイリーンを一人にしてしまうことが増えた。

けれど神殿に引き取られてからは十分な教育を受けさせてもらえたはずだ。

私はこれまでそう思っていた。

私とは違って神殿の学校へと入れたアイリーン。きっとアイリーンはたくさん学び成長できるとそう思っていた。

「アイリーン……ねぇ、貴方これまで何を学んできたの？」

温かな住まいで、三食にありつける満たされた健康な状況で、学校に行かせてもらったはずなのに。

アイリーンが首を傾げる。そんなアイリーンの手へと視線を移せば、爪が紫に変色し始めていた。

私はまた唇を噛むと、ヨーゼフ様を睨みつけた。

「婚約者を……どうして？」

視線からおそらくヨーゼフ様には私が言いたいことが分かったのだろう。にやりと笑みを浮かべるとヨーゼフ様はアイリーンの元へ移動し、アイリーンの髪の毛を乱雑に掴むと、楽しげに言った。

「こいつをどうしようが僕の勝手だろう？」

「いたっ……よ、ヨーゼフ様ぁ、やめてくださいませ」

そう言うアイリーンはどこかうっとりしているような瞳をしており、私は驚いた。

「私はぁ、ヨーゼフ様の為に、頑張っているでしょう？」

一体何があったのであろうか。

私は声をあげた。

「アイリーン！　ねぇ、目を覚ましなさい。貴方このままじゃ……死ぬわよ」

言葉にすると、より現実味を帯び始め、私は唇を噛む。

「え？」

アイリーンが意味が分からないといった様子でまた首を傾げた。

「聖女の力を反転させるということは、神に背く行為。聖女の力は毒へと変わり、体を蝕み、最後には死を迎える。聖女ならば誰でも知っていることよ……だからこそ、清く正しくあれと聖女は教え込まれてきたはずなのに……どうして」

アイリーンの瞳が驚きで揺らぎ、そして縋るようにヨーゼフ様へと視線を移す。

「そんな……そんなわけありませんよねぇ？　お姉様ったらバカなんだから。そんなわけ」

「あぁ。まだ死なないだろう？」

「え？」

アイリーンの瞳が驚愕で見開かれていく。

「まだ？」

ヨーゼフ様は楽しそうに言った。

「他の聖女は半年はもったぞ」

ぞっとするその言葉に、アイリーンは後ろへとふらつくように下がった。

聖女の力を反転させた呪いというものについて、神殿には様々な文献が残っている。つまりそれはこれまでの歴史の中で聖女が利用された事実が残っているのである。

清らかな聖女達が政治に利用され、堕落した聖女と呼ばれ、毒として利用された暗黒の歴史である。

時代は流れ、聖女としての地位を神殿は確立させ、暗黒の歴史が二度と繰り返されないようにと国と神殿は誓い、歴史は紡がれている。

だからこそ、神殿は聖女に歴史を学ぶ機会を与え、清く正しくその力を使えるように指導を行っている。

レーベ王国でも聖女の力が悪用されないように神聖な存在であると位置づけられ、だからこそ聖女の力を反転させた呪いなどというものは忌むべき悪しき歴史として語り継がれている。

そしてそれと同時に聖女の力を反転させること自体、行われないように、どのようにするのかについては禁書として王城の一部に保管されている。

私は採取者になるにあたり、聖女の力については歴史から師匠に教えてもらい学んできた。

以前、一度だけ師匠にそれについて尋ねたことがあった。

『ねぇ師匠様。堕落した聖女はどうなるのですか？』

師匠は言いにくそうに、小さくため息をついた。

『人間とは悍《おぞ》ましい生き物だよ。聖女という神の使徒をも毒にする方法を見つけ出すのだから……堕落した聖女は落ちるしかない。闇に落ちる。その力は強力だ。だが、それは一瞬の闇の瞬き。その先にあるのは、死だ』

『……助けられないのですか？』

『私ほど優秀な採取者がいれば助けられる可能性はあるが……まぁ、普通ならば難しいだろう』

師匠ですら難しいと言った。つまり確実に助けられるかは分からないということ。

アイリーンだって、おそらく神殿で堕落した聖女については学んでいるはずだ。暗黒の歴史として繰り返さないように学ぶ機会はあったはず。

「ん？　なんだ。お前がなんでそんな顔をする？」

「だ、だって、それって、私……半年後には死ぬってことですか？　あはは、何それ、こわーい。

冗談……ですよね？」

ヨーゼフ様は肩をすくめた。

「元々は僕の婚約者だし、そんな役目をさせるつもりはなかったんだが、まぁ僕はお前と結婚するのは嫌だし、今回の一件は最終的に君に被ってもらうつもりだから、まぁ、死ぬのが早いか遅いかくらいの違いじゃないかな」

悪いことなど何もしていないといった様子のヨーゼフ様は言葉を続けた。

「まぁでもとりあえずはシェリー嬢が戻ってきて良かった。現状を把握しているようだから、言っておくが、君はレーベ王国の採取者だ」

「いいえ、私はローグ王国魔術師アスラン様専属の採取者です！」

「はぁ。言っておくが、もうローグ王国へは戻れないぞ。君は意識を失っていたから気づいていないだろうが、ここはもうレーベ王国だ。君は四日間眠っていた。聖女の力を反転させた呪いとは、本当によく効くものだな」

私はその言葉に、やはり数日経っていたかと思いながらも、ヨーゼフ様も大概無知だなと感じた。

聖女の力を反転させた呪いを受けたならば、常人ならば一か月は寝込む。下手をすればそのまま死ぬ。当たり前だ。それほどまでに聖女の力を反転させた呪いというものは恐ろしい力なのである。

ならば何故私が数日で目が覚めたのかと言えば、自身の体の中で、呪いの力を解呪しているからである。

採取者は、採取したものの成分を把握しておく必要がある。体に良いものもあれば毒なものもある。

採取者見習いの頃、師匠から私はそれを学び、自分で採取してきたものを少しずつ体内に取り込み、成分を体に慣らしてきた。

だからこそ、並大抵の呪いや毒は私には効かない。

採取者として必要な能力だと師匠にも言われ、幼い頃から吐いたり体調を崩したりしながらも必死に耐性をつけてきたのだ。

そうすることにより、採取者として入れる場所も増えた。体に耐性がついてきたことにより、場所によっては耐性があることで毒の影響を受けずに採取できるようになったのだ。

そんな私だからこそ、今生きてここにいる。

無知とは恐ろしいものだ。

「ヨーゼフ様、アイリーンを使い捨てにするつもりなのですか？　貴方はレーベ王国をどうするつもりなのです？　ローグ王国と争うつもりなのですか？」

私がそう尋ねると、ヨーゼフ様はいらだった様子で私のところへ来ると、私の頬を叩いた。

頬が一瞬で熱くなり、痛みでしびれる。

私はヨーゼフ様を睨みつけた。

「普通の女であればこれで黙るというのにな。まぁいい。アイリーンは使い捨てだな。アイリーン以外にも聖女はいる。我がレーベ王国は聖女がいる王国。はっきり言ってローグ王国は邪魔なのだ。魔術など、聖女の力には敵わない。これからは聖女の力を反転させた呪いについても、僕がもっと有効な使い方を見出していこうと考えている」

　愚かなことだ。

　私はアイリーンを見て言った。

「アイリーン。目を覚ましなさい。貴方は利用されているだけ。このままだと本当に死ぬわ」

「っは。アイリーン。僕の為だ。喜んで死ぬだろう？」

　アイリーンの視線は一瞬彷徨い、そしてどこか嬉しげにヨーゼフ様を見つめる。

「はい。アイリーンはヨーゼフ様に従いますわ」

　その様子は明らかにおかしく、私は唇を嚙むと声を荒らげた。

「アイリーンに、何をしたの!?」

「何？　っははは。普通に躾をしたまでだ。他の誰に逆らおうが関係ないが、僕に逆らうのは許さない。聖女の力を反転させる呪いを発動するにあたって、躾をしたまでに過ぎない。王子の僕に従うのは当たり前だろう」

「アイリーン！」

「うるさいうるさいうるさい！　お姉様は黙ってて！　うるさいのよ。いつもいつも。貴方はもう私達の奴隷なんだから、言うことだけを聞いていればいいのよ！」

アイリーンは私の元へと来ると、私の体を蹴り飛ばした。

その力はハッキリ言って、そんなに強いものではない。女性の蹴りなど、たいした威力ではない。

ただ、妹に躊躇なく蹴られたというのは、思いの外精神的に辛かった。

あぁ、この子にはもう私の声は届かないのだなと思った。

それはヨーゼフ様に洗脳に近いことをされているからということは、あまり関係ないのだろう。

私はアイリーンにとって躊躇なく蹴ることのできる相手なのだ。

その時であった。

部屋のドアがノックされ、黒装束の男性が入ってくると、ヨーゼフ様の耳に何かを告げる。ヨーゼフ様は眉間にしわを寄せると言った。

「陛下に呼ばれた。僕は行ってくるが、アイリーン。この女を躾けておけ。ちゃんと言うことを聞くようにな」

「はい。ヨーゼフ様」

アイリーンは部屋を出て行くヨーゼフ様の背中を手を振って見送ると、ぱたんとドアが閉じた途端に笑みを消し、私のことを憎々しげに睨みつけた。

「本当に、お姉様って大っ嫌い。黙ってなさいよ。私はヨーゼフ様と一緒にいられればそれでいいの」

「死んでも？」

私がそう尋ねると、アイリーンは頬をひきつらせた。

「私が死ぬわけないじゃない！　私は絶対に死なないし、ヨーゼフ様は私に罪を被せるみたいなことを言っていたけれど、そうもさせないわ。私は痩せてヨーゼフ様の心をもう一度手に入れるの！そうすればすぐに完璧に戻るわ！」

完璧。

それは空想上の絵空事に過ぎない。

「アイリーン……」

「だから黙って言うことを聞け！」

アイリーンはそう言って、用意されていた鞭を手に取ると、私に向かって振り上げた。

その時、私は腕をあげた。

アイリーンの鞭は以前アスラン様からもらっていた転送用の魔術具に当たり、一瞬で砕けると青白い光を放つ。

「きゃぁっ！　何よ！」

私は無理やり体を動かすと腕を伸ばしアイリーンを掴んだ。

青白い光の中で私とアイリーンの体は共に光の輪を通り抜ける。

「シェリー！」

温かな腕が、私のことを抱き込んだ。

その温《ぬく》もりに私はほっと息を吐いた。

顔をあげると、アスラン様がこちらを見つめて今にも泣きそうな表情を浮かべていた。

その表情には疲れの色が見られ、目の下には隈が浮かび上がっていた。

「シェリー……無事で、無事で良かった」

アスラン様はそう言うと私のことをぎゅっと抱きしめ、そして愛おしげに頭を撫でてきた。

美丈夫がやつれるとこんな風に色気が出るのかと、呆然と私は考えながら抱きしめられたのだけれど、はっと視線を彷徨わせると、なんとそこは広々とした場所であり、アスラン様と私達だけではないのだということに気がついた。

そしてアスラン様の横に立っているのは王太子殿下であり、私の視線は王太子殿下としっかりと合った。

王太子殿下はこちらを見つめてわずかに微笑んだ後、視線を前へと向けると声をあげた。

「お答え願いたい。どういうことなのか、説明を求めます」

私はここは一体どこなのかと視線をさらに彷徨わせる。

すると後ろから聞こえてきた声に、びくりと肩を震わせた。

「……どういうことなのだ。答えよ。ヨーゼフ」

重く響く声は、聞き覚えはあるものの、こんなに近くで聞くのは初めてである。

私は振り返ると、そこには玉座があり、その下にヨーゼフ様が膝をついてうつむいている姿があった。

　レーベ王国国王は、実の息子であるヨーゼフ様を睨みつけており、ヨーゼフ様は慌てたような声で言った。

「い、一体何のことでしょうか。僕には分かりかねます。これは……これはそう、そこにいるシェリー嬢の妹であるアイリーンが企てたことではないでしょうか。シェリー嬢と共に姿を現したのが、その証拠です！」

　必死に早口になりながらそう告げたヨーゼフ様の言葉に、国王も周りの人達も呆れたように顔を歪める。

　名指しされたアイリーンは床に倒れていたが体を起こして周囲を見回し、そして自分が置かれている状況に困惑して声をあげた。

「ななな何なのでしょうか。ここは、ここはレーベ王国の広間？　え？　えっと、ローグ王国の人達までいるみたいだけれど……これはどういう、状況なの？　ちょっと、ちょっと待って。え？　ヨーゼフ様、今、なんとおっしゃいました？」

　早口で告げるアイリーンに、ヨーゼフ様が言った。

「騎士達よ！　採取者誘拐容疑でアイリーンを捕まえろ。陛下。私がこの件はしっかりと対処して」

「黙れ」

「ひっ……」

国王が頭に手を当て、大きく息をつく。

状況が摑めずにアスラン様を見ると、アスラン様は私を抱き上げ声をあげた。

「行方不明になっていた私専属の採取者シェリー嬢が、今ここに、そちらの聖女アイリーンと共に現れたことについて、改めて詳しく説明を求めます」

その言葉に、アイリーンが声をあげた。

「お姉様は私の採取者よ！　魔術師なんかの採取者じゃないわ！」

アイリーンの身勝手なその発言に、私は反射的に答えた。

「いいえ。私はアスラン様の採取者よ。アイリーン。私は貴方の採取者ではないし、今後、貴方の採取者に戻るつもりもないわ。自分勝手なことを言わないで」

「何よ！　ただのおまけのくせに！　お姉様なんて価値のない、ただのおまけ！　採取者なんてただのおまけ職じゃない！」

「なら何故、そんな私に帰って来いと言うの？　ねぇアイリーンいい加減にして頂戴。自分が言っていることが矛盾しているって分かっているの？」

「うるさい！　うるさい！　うるさぁぁぁい！」

アイリーンの声に、国王が口を開いた。

「聖女アイリーンよ、口を閉じよ」

レーベ王国国王は横に控えていた大聖女へと目線を向けた。

「神殿の教育はどうなっている」

「も、申し訳ございません……その、ヨーゼフ様の婚約者に内定した時点で、専属の家庭教師をつけたのですが……」

「言い訳はよい。はぁ。聖女アイリーンよ。君は今、自分がどのような立場にいるか、分かっているか？　君にかけられた罪は、ローグ王国魔術師専属採取者の誘拐疑惑。その他にも本来ならば神殿に所属する採取者の採取したものは神殿所有となるべきものなのに、無断で販売した罪。また、その中に聖女の力を反転させた呪いを混入させた罪がかかっている。これは大罪だ」

「え？」

アイリーンはその言葉に動きを止め、その後慌てた口調で話し始めた。

「なななななんで私が！　えっと、違います。私じゃないです。えっとその、だ、誰かが、誰かが私をはめようとしているのです！　お、お姉様。私、お姉様を誘拐したわけじゃないわよね？　ただ、一緒にこの国に帰ってきただけよね？」

さすがにまずいと思ったのだろう。アイリーンのその慌てた言い訳に、私は一緒にいるアスラン様と視線を合わせ、うなずき合い、勇気をもらうと口を開いた。

「いいえ。私はヨーゼフ様とアイリーンの手によって誘拐されました。しかも、誘拐される時に聖女の力を反転させた呪いを受け、目覚めたのはつい先ほどです。そしてこれを見てください」

私は自分の首にはめられた奴隷の首輪を指さした。

「二人につけられたものです。これでお前は逆らえないと、そう脅されました」

「お姉様！」

「シェリー嬢！」

アイリーンとヨーゼフ様は声をあげた。けれど私は、口を閉じない。

「私はアスラン様の専属の採取者です。これは不当な誘拐であり、その処分をレーベ王国国王陛下に下していただきたい所存です」

私はアイリーンと決別を決めた。そして、罪は罪だ。

やっていいことと悪いことはあり、アイリーンとヨーゼフ様がしたことは大罪に違いない。

これを許せば、今後他の聖女が危険な目に遭う可能性もある。

もう、庇えるようなものではない。

「お姉様！　どうして！」

悲鳴にも似たアイリーンの声に私の胸は痛む。さらに、アイリーンが声をあげようとした時、アスラン様が私の耳をふさいだ。

「　　　　」

アイリーンの声が聞こえない。呪いのようにこびりついた妹の懇願の声を、アスラン様はふさぎ、優しく微笑んだ。

アスラン様の口が動き、それを私は目で追った。

〝君はもう自由だ〟

あぁ。

あぁ。そうだ。

私はもう姉という鎖に縛られてはいない。

私に絡みついていた鎖はすでに切れ、私はもう、自由なのだから。

私はアスラン様の言葉にうなずきを返した。

もう何を言われても、アイリーンの言葉に傷ついたりしない。もう彼女と私との運命の道は分かれたのだ。

そう思った時、ヨーゼフ様が声をあげた。

「陛下！　アイリーンが全て悪いのです。僕は、僕はこの国の為にと思って」

「黙れ！　二人の沙汰は全てを調べ上げてから告げる！　ただし、罪から逃れられるとは思うな！」

「そ、そんな！　ぼ、僕は、僕は悪くない！　アイツが全部仕組んだんだ！　僕は悪くない！　シエリー嬢！　なぁ？　そうだろう？　今なら、僕の妃の座だってなんだってやる。お願いだ。僕は悪くないと言ってくれ！」

「ヨーゼフ様！　何故です！　私は、私はヨーゼフ様の為に、貴方の為に、貴方の為に、貴方の為

にぃぃいいいいいいいいいいいいいいいい！」

「あ、アイリーン？」

ヨーゼフ様へと向かってアイリーンは声を荒らげ、次の瞬間その瞳から赤黒い涙を流した。

そしてアイリーンはこちらを睨みつけた。

「なんで、なんで、なんでなの？　ヨーゼフ様もお姉様もどうして助けてくれないの!?」

あまりにも身勝手な言葉に私はぐっと唇を噛む。

「黙れ！　お前は僕を陥れようとしているのだろう！」

「ヨーゼフ様……なんで？　なんでよ！」

「黙れと言っているだろう！　騎士達よ！　さっさとアイツを捕まえろ！」

その言葉に、アイリーンが頭を掻きむしり始めると、ぶつぶつと大きな声で叫び始めた。

「呪ってやる。呪ってやる！　この国も、ヨーゼフ様も！　お姉様も！　全部、全部、全部、全部！　呪いつくしてやる！！！！！」

悲鳴にも近いアイリーンの声と同時に、部屋の中の空気が一変した。

重苦しくなり、息を吸うだけで肺の中がまるで何かに焼かれているような痛みを感じる。

「これは!?」

異変を感じた瞬間に、レーベ王国国王は声をあげた。

「アイリーンを捕らえよ！　大聖女よ！　これは一体どういうことだ！」

大聖女様は震えながら口を開いた。

「そんな……私の代で……まさか堕落した聖女を生み出してしまうなんて……そんな……なんで私ばっかりこんな目に……」

大聖女様は気絶してしまったようで、傍に控えていた神官達が慌てて抱きかかえると、医者の元へと運んでいく姿が見えた。

堕落した聖女。

聖女の力を反転させた呪いを生み出してしまった者はいずれ死を迎える。神に反した罪とも言われている。

けれど、ただ死を迎えるだけではない聖女がいる。

それが堕落した聖女であり、聖女の力が呪いとなり、それが自身から溢れ出す。

そんな光景など、歴史書や禁書にしか残されていない。

ましてや現在では王城に収められている禁書に記録が残っているくらいである。

私も師匠からその禁書を王城内で見せてもらったからこそ知っている知識であった。

「……アイリーン」

「嫌だ嫌だ嫌だ。もう、呪われろ。全て全て呪われロ。ノロワレロ。あぁぁぁぁぁっぁ」

美しい妖精のようだった聖女の姿からはかけ離れた、その姿に、私はぐっとこぶしに力を入れた。

レーベ王国国王は騎士に指示を出してアイリーンを取り囲むが、その近くには歩み寄れない。

まるで見えない壁に阻まれているかのようだ。

ヨーゼフ様は顔色を悪くして逃げようとしたが、次の瞬間、空中へと浮かび上がり、アイリーンが生み出した黒い霧によってその体を縛り付けられている。

「うわああああぁぁぁ。だだだだ、誰か、誰かぁぁあ！　さっさと助けろ！」

けれど近づけない以上、騎士達も助けには行けない。

「よーぜふさまぁぁあぁ。ねぇぇぇ。ずっと、ずとずと一緒に、いで、ぐれるって」

言葉すら怪しくなり始めたアイリーンは、赤い涙を流しながら彷徨うように手をヨーゼフ様へと伸ばす。

けれどそれをヨーゼフ様は受け入れることなく振り払おうとする。

「っくくく来るな！　この化け物が！　くそっ！　これまでの聖女はそのまま死んだのに、なんでお前は！　お前もさっさと死ね！　来るな！　しねぇ！」

あまりにもひどいその言葉に、私は呆然と見つめた。

「どうして……」

ヨーゼフ様に対して、アイリーンはおそらく酷いことなどしていない。

むしろ婚約者であるヨーゼフ様に対しては、好かれようとしていた。

それなのに、どうして婚約者に対して酷いことが言えるのだろう。

「アイリーンを止めたいです。力を貸してもらえますか？」

アスラン様は、私の言葉にうなずくと、私のことを下ろし、それからマントを開くと魔術具のペンを取り出した。

「魔術式を構築する。今回は調合する時間がない。故に、魔術陣を描きその中で分解構築し魔術式を完成させていく。荒業だが仕方あるまい！　必要な材料がそろっているといいのだがな」

「任せてください。私は貴方の採取者です」

「心強い。では、行くぞ」

アイリーンの悲鳴が響き渡り、それに伴って黒い影がこちらへと襲いかかってくる。

空中でヨーゼフ様は振り回されており、悲鳴を上げ続けている。

王太子殿下とゲリー様や他の騎士達は私達を守るようにして立ち、それらを薙《な》ぎ払っていく。

「集中しろ。こちらは我々が引き受ける！」

次々に襲いかかってくる黒い影に、騎士達は剣をふるう。

私達はうなずき、アスラン様が空中に魔術陣を生み出すと魔術式を構築し始める。私はその魔術式を見つめながら必要であろう材料を次々にポシェットから取り出していく。

長年かけて、アイリーンの為に採取したもの。

最近アスラン様に頼まれて、集めていたもの。

全てを出し切るつもりで私は集中してアスラン様の指示と私の判断で取り出していった。

目の前に巨大な魔術陣が広がる。それは今まで見てきた何よりも美しく、輝いていた。

「聖女の力とは呪いになると恐ろしいな」

アスラン様の言葉通り、今のアイリーンはまるで魔物のような姿で悲鳴を上げていた。

力とは、その使い方によって良くも悪くも変わるのだ。

「はははっ。これほどまでに聖女とは強力な力を持つのか。恐ろしいな。だが、あちらは自身の力だけ。私には君がいる」

私は特殊魔石をアスラン様へと手渡した。その瞬間、魔術式が完成し、より美しく輝く。

「ノロワレロぉおっぉおおおおおおぉ！！！！」

悲鳴のような声。

聖女の力の成れの果て。

それが魔術式によって光に包まれ、その呪いの力が光へと呑みこまれていく。その時、アイリーンと私の視線とが交わった。

「……タス……けてぇ」

「シェリー！」

アスラン様が私の名前を呼ぶのが聞こえた。

だめなのは分かっていた。

けれど、私は駆けだしていた。

暴れ回るようにアイリーンの体から溢れた黒い影達が光に呑みこまれながら波打つように動く。

そして道連れにでもするように、黒い影がアイリーンの体を黒い影の中へと呑みこもうとするのが見えた。

地面が割れ、岩が飛ぶ。

私は地面を蹴ると、手を伸ばし、アイリーンの腕を摑む。

引っ張り上げようとするけれど、黒い影のせいでうまく引き上げられない。

「アイ……リーン！」

「ううぅぅ」

「しっかりしなさい！　アイリーン！　貴方はどうしたいの！」

赤い涙を流し続けるアイリーンの瞳が、うっすらと開く。

「ううぅ……やだよぉ……しにだぐ……なぃぃぃぃ」

「なら頑張って！　あがきなさい！」

アイリーンは、もう片方の手を、黒い影に呑みこまれそうになりながらも私の方へと伸ばす。

私はそれを摑もうとしたけれど、アイリーンの方へと体が揺らぎ落ちそうになる。

「シェリー！」

その時、アスラン様の声が聞こえたかと思うと、腕が私の腰へと回り、ぐっと引かれる。

「君という人は！」

「アスラン様！」

アスラン様は片方の手でペンを走らせ魔術式を展開させると構築した。その瞬間、アイリーンのことを影の中へと引っ張り込もうとしていた黒い影が弾かれて消し飛んだ。

「さぁ行くぞ！」

「はい！」

次の瞬間、星がちりばめられたように、花火が散るように、閃光が瞬き、呪いが光へと、呑みこまれた。それは爆発のようであり、私達の体は投げ出されるように風に押し出された。

私達は地面に倒れたけれど、すぐに体勢を立て直して身構える。

見れば光が空からまるで降ってくるかのように落ちてきており、魔術式がうまく作動したことが窺えた。

アイリーンの体は、呪いから解き放たれ、髪の色が抜け、あの美しかった髪はくすんだ灰色になってしまっている。

そして体を起き上がらせると、その瞳から涙を流しながら声をあげた。

「あぁぁぁぁぁあ。こわかっだぁぁぁ。いぎ、いぎでる、わだじ、いぎ、いぎでる」

震えながら呟かれる言葉に、私は小さく息をついた。

すぐにアイリーンは騎士達に取り囲まれる。

私は何も言えず、その光景を見つめていると、アイリーンがこちらを向くと言った。

「ご、ごべんだざい」

ろれつがうまく回らないのだろう。けれど私は、初めて聞くアイリーンからの謝罪に息を呑んだ。

どう返せばいいのか分からない。

返さなければいけないのか。

その時、空中に投げ出されていたヨーゼフ様が、ドサッと音を立てて地面へと落ち、嗚咽を繰り返しながらその場で嘔吐した。

そして体をどうにか起き上がらせると叫んだ。

「あ、あの魔女を捕まえろぉ！　死刑だ！　殺してやるぅぅぅぅぅ！」

ヨーゼフ様はそう言うと腰の剣を引き抜きアイリーンに切りかかろうとした。

私はその光景に思わず、近くにあった石を片手で持ち上げると勢いよく回転をつけて投げつけた。

「つうわぁっ！！！！」

石はヨーゼフ様の剣に当たりその切っ先をはじいた。その瞬間に近くにいた王太子殿下がヨーゼフ様の首元に剣を当てた。

「大人しくしてもらおう」

「っひぃぃ！　ぼ、僕は王子だぞ！　こ、こんなことをして国際問題にしてやる！　シェリー！　お前もだ！　平民の分際で！　僕が優しいからと言って許されるとでも思っているのか！　お前など奴隷にしてやる！」

私に向かって怒鳴り声をあげたヨーゼフ様であったが、そんな姿が見えないように私はアスラン様の腕に抱き込まれ、マントの中へと引き入れられる。

「大丈夫だ。君は心配する必要はない。あぁ、指が滑った」

「え？」

「へぎゃぁっ！」

アスラン様はマントの中で見えないようにペンで魔術を発動し、ヨーゼフ様を転ばせて私にふっと笑いかけた。

いたずらが成功したかのように笑うものだから、私もつい笑ってしまう。

不敬罪で訴えられないといいなぁなんてことを考える。

その時、レーベ王国国王の声が響き渡った。

「アイリーンとヨーゼフを捕らえよ！　牢へ入れておけ」

その言葉に、アイリーンは項垂れ、ヨーゼフ様は声を荒らげた。

「陛下！　こ、これは陰謀です！　僕は無実です！」

そんなヨーゼフ様をレーベ王国国王は一瞥する。

「お前は未だに自分の愚かさが分からんのか……連れて行け。王子として扱う必要はない」

「陛下!?」

騎士達はアイリーンと暴れるヨーゼフ様とを捕らえ、連れて行った。

私とアスラン様は大きく息をつくと、一度その場に座り込んだ。

「はぁあ。最近、こう、緊張することばかりだ」

「はい……そう、ですねぇ……」

私達はそう言葉を交わし合った。

レーベ王国国王はその場で指示を出し、神殿に向けては即刻大聖女を起こして今後の為に話し合う為の場を設けるので来るようにと言い渡している。

その後、その場ではあまりにも混乱していることから私達を別室へと促し、私達は一度部屋へ下がることになったのであった。

「申し訳ない。我らも混乱をしている……ヨーゼフは聖女を堕落させる方法をどうやって入手したのか。詳しく調べを行い、しっかりと報告をするようにする」

今回の一件は、レーベ王国とローグ王国との間に諍《いさか》いを生む可能性のあるものであった。それ故に、簡単に片付く問題ではないと、王太子殿下はレーベ王国側に正式に抗議文と共に賠償責任などについて書かれた書類を渡した。

次の日、私とアスラン様、王太子殿下にはレーベ王国国王と謁見する機会が設けられ、正式に謝罪があった。

ただし、公にすれば国交に問題が生まれ、火種にもなるとのことで、王太子殿下がその場を内密に収めることをレーベ王国国王と取り決めた。

最終的に今回の一件は内密にではあるが再度しっかりと調べられることとなり、その結果次第でヨーゼフ様とアイリーンの処罰が決定されるということであった。

現段階ではヨーゼフ様は廃嫡、そして離島への流刑。

アイリーンは神殿の牢へ幽閉。その一生を神殿への奉仕で償う。

これが現段階での処罰になるであろうとのことであった。

処刑の案も挙がったが、今後もレーベ王国とローグ王国は友好国でありたいという意見、そして賠償金を王太子殿下が跳ね上げたことによりこのような処罰が妥当とされた。

私自身、処刑されるよりも、その罪と向き合ってほしいという思いがあった。

死んで償うと言えば聞こえがいいかもしれないが、それよりも罪を罪として償う方が私は良いと考えていた。

最後にアイリーンと会うかどうか尋ねられたけれど、私は断りを入れた。

アイリーンと私はすでに別々の道を歩み始めており、私はもう彼女とは決別したのだから話すことはない。

何より、アイリーンからの謝罪は聞いた。

〝ごめんなさい〟という言葉を、これまでの中で初めて聞いたのだ。

その言葉を私はどうしたらいいのか、胸の中で思いあぐねている。

ただ、無理に呑みこむ必要はないのだろうと私は考えていた。

アスラン様と出会って、私は自分の心の在り方について気づかされることが多く、無理やりに自分を納得させることも、許す必要もないのだと、そう思えるようになった。

今回のことを通してレーベ王国は神殿での教育の在り方を共に見直していくこととなったようだ。

また、ヨーゼフ様との一件で、神殿内部との癒着の問題も明るみに出た。

私のお給料が仕事に見合っていなかったということも、この癒着に原因があると断定がなされた。

大聖女様は今回の一件にて、神殿を管理できていなかった罪に問われ、その任を解かれたとのことであった。

大聖女様自身が悪いわけではないとしても、王族であるヨーゼフ様が神殿内部を操ることができる状況にまで陥っていたことは、問題視された。

神殿はあくまでも王族の関与を許さないと、レーベ王国国王は改めて神殿との取り決めを行い直すのだという。

また、私が搾取されていた一件にて、本来得られたはずの給料やこれまでの待遇についての賠償など、アスラン様が話をつけてくれた。

そして今まで不当に搾取されていた分のお給料をいただくことができたのであった。

「本当に良かったのか？」

神殿や私に冷たくあたっていた人々を罰することもできたのだと、アスラン様は少し不満そうだったけれど、そこは別段どうでもよかった。

「いいんです。意地悪してきた人もそりゃいましたけれど、でもほとんどの方は遠目で私のことを見ているだけで実害はなかったですし。それよりも、早く家へ帰りましょう」

ふと、私はアスラン様の家を自分の家のように言っていることに気がつき、恥ずかしさを覚えた。

図々しすぎる。

けれどアスラン様はそうは思っていないようであった。それが嬉しいなんてことは、恥ずかしいので言わない。

王太子殿下はその後も今回の一件の処理の為にレーベ王国に残り、私達は一足先に馬車に揺られ、アスラン様の屋敷へと到着した。

久しぶりに戻ってきた屋敷に、私はほっと胸を撫でおろした。

笑顔で侍女さんや執事さん達が出迎えてくれて、それが嬉しくなる。

「「「「お帰りなさいませ。アスラン様、シェリーお嬢様」」」」

おこがましいかもしれないけれど、ここが私の家だと思えた。

「シェリー」

「はい？」

振り返ると、アスラン様に私は抱き上げられた。

「ひゃっ。あ、アスラン様？」

「しばらくは安静だな。平気なふりをしているようだが、やはり体がまだ本調子じゃないのだろう？」

ここに帰ってくるまでの間、気づかれないと思っていたのに、アスラン様にはお見通しだったようだ。

ドキドキとしながらアスラン様の首へと腕を回すと、アスラン様の顔がいつもよりも近く見えて、さらに心臓がうるさくなる。

「ほら、楽な姿勢でいなさい」

「は……はい」

私はアスラン様の肩口に頭をもたせながら、小さく息をついた。

心臓はうるさいけれど、胸の中がぽかぽかとする。

「私、今すごく幸せです」

そう呟くと、アスラン様が嬉しそうに微笑んだ。

「それはよかった。ふふ。可愛いな」

その言葉に、私は顔が熱くなる。

こんなに幸せでいいのだろうかという不安が何故か過る。

すると、そんな私の額に、アスラン様がキスを落とした。

「へ？」

呆然とする私に、アスラン様はいたずらが成功したかのように笑った。

「ははは。可愛いな。シェリー。いいかい。私はこれからこれまでのことを君が忘れるくらい君を幸せにしてみせる。覚悟してくれ」

「え？　え？　え？」

混乱している中、私はふと、アスラン様が私のことをシェリーと呼び捨てるようになったということに気がつき、さらに恥ずかしくなった。

「あ、えっと。その……今でも、すごく、幸せですが」

そう呟くと、アスラン様は私のことをぎゅっと抱きしめた。

「私はこれまで女性のことをこんなに可愛いと思ったことはない。こうも可愛いと困るな。ははっ」

楽しそうなアスラン様に私は混乱していると、侍女さんや執事さん達が驚いたような声をあげた。

「あのアスラン様が、何ともめでたい」

「坊ちゃまが恋をするなんて！」

「はぁぁ！　今日は赤飯《せきはん》ですな！　異国の祝いの飯を炊きましょう！」

「赤飯とは？　何の祝いに炊くのです？」

「何だったかな。とにかくめでたい時に炊くんだとか！　めでたいめでたい！」

ひっそりと見守ってくれていた料理長までもが踊りながらそう声をあげている。

盛り上がり始めた皆に、私は恥ずかしく思いながらも、幸せだなぁと思った。

レーベ王国にいた頃、私にはアイリーンがいたけれどかび臭い部屋で一人のことが多かった。採取していたるか部屋で寝ているか体を鍛えているか。そのどれかだった。

幸せというものを感じる暇もなく動き、たまの休みに馴染みの酒場でお酒を飲む。

そんな私がローグ王国へ来てから幸せなことばかりである。

アスラン様が横にいてくれて、魔術塔の皆が傍にいて、侍女さんや執事さん達にも優しくしてもらって。

心の中にたくさんの幸せをもらった。

「アスラン様」

私はアスラン様の手をぎゅっと握った。

「ありがとうございます」

こんなに幸せなのは、アスラン様がいてくれて、ここに導いてくれたから。

「私、とても幸せです」

太陽の温かな光の中にいるかのような幸せを、私は感じて、アスラン様にぎゅっと抱きついたのであった。

おしまい

番外編

番外編　二人の時間とリンゴ飴の甘さ

事件からしばらく経った頃、私とアスラン様は休みの日が同じ日に重なり、今日は一緒にのんびりと部屋で過ごしていた。

机の上には温かな紅茶とクッキーが準備されており、私達は魔石と薬草についてなどの話をしていた。この手の話は終わりがないので、私もアスラン様もつい、白熱して続けてしまうのだ。

そんな私に、執事のレイブンさんが一通の手紙を運んできてくれた。

「お休みのところ失礼いたします。シェリーお嬢様にお手紙が届いておりますよ」

「手紙ですか？」

「はい。どうぞこちらです」

私は手紙を裏返して、そこに名前の代わりに描かれた文様を見て笑みを浮かべた。

「師匠からです！　わぁ。やっと返事が来ました」

向かい側のソファに腰かけているアスラン様は私の言葉に首を傾げた。

「そういえば、シェリーの師匠とは？　名前を聞いたことはなかったが、君の師匠なのだから実力

者なのだろうな。有名な方なのかい？」

私は少し考えると首を傾げた。

「どうなのでしょう。私あまり採取者界隈の皆様の名前を知らなくて」

「師匠殿の名前を聞いてもいいかい？」

「ええ。師匠の名前はロジェルダ・エルフィス・アッカーマン。エルフで見た目がとても若いくせに、腰をいつも擦《さす》っている自称御老人です。ふふふ。手紙読むのが楽しみです」

私はそう言うと、その場がしんと静まり返ったのに気がついた。

「どうしたんですか？」

アスラン様も、使用人の皆さんも私を見て目を丸くしたまま固まっていた。

「アスラン様？」

「ロジェルダ・エルフィス・アッカーマン……君は、それが誰か、本当に知らないのか？」

私はその言葉にうなずいた。

「はい。……私、採取者になる為に師匠を見つけようとしたんですが、皆断られて、独学で最初は採取者を始めたんです。そんな私を見かねて拾ってくれたのが、師匠です」

アスラン様は口元に手を当てて、小さく息を漏らした。

「なるほど……君が規格外に優秀な採取者である理由が分かった。師匠も規格外だからか」

「へ？」

師匠の名前を皆知っているのか、執事さんや侍女さん達も驚いたような表情で何度もうなずいている。

一体どういうことだろうかと思っていると、アスラン様はくすくすと今度は笑い出した。

「エルフ族の採取者ロジェルダ・エルフィス・アッカーマン。伝説の採取者と呼ばれるほどの人物がまさか君の師匠だとは。ははは！　すごいな。人間嫌いだという話を聞いていたが、まさか、人間の弟子が存在するとは。君は本当にすごいな」

アスラン様の笑い声に、私はおかしなことを言っただろうかと思うけれど、師匠が伝説と聞き、頭にクエスチョンマークを思い浮かべる。

「伝説？」

「あぁ。彼が採取者の先駆者であり聖女の魔術の力を発展させた。まさかそんな伝説の人物が君の師匠だとは。ぜひ、詳しく話を聞いてみたいものだ」

私はそう言われても、信じられなかった。

そんな話は聞いたことがないし、師匠自身からは、自分は半端者でありエルフからは嫌われていて、旅していたらいつの間にか採取者になっていた、と聞いていた。

生きていれば色々あるものなのだなぁと思った記憶がある。

「いや、師匠は……えぇー？」

アスラン様から聞く師匠のイメージがどうにも自分が知る記憶とは一致しない。

そんな私の様子にアスラン様はくすくすと笑う。

「伝説って、どんなものがあるのですか？」

私が尋ねると、アスラン様は採取者としての地位を築く為に師匠が行った功績を話してくれたのだけれど、どうにも自分の中の師匠とはやはり一致しない。

「では逆に、君の知っているロジェルダ殿とは、どのような人物なのだい？　そうだ、せっかくだからこれまでの思い出なども聞かせてほしい」

「思い出、ですか……そうですねぇ」

これまでの思い出や、大変だったことなどを私は思い出しながらアスラン様に話をしていった。

誰も私のことを採取者の弟子にしてくれなくて途方に暮れていた時に師匠に出会ったこと。

師匠との採取は驚きの連続であったこと。

私の話を、アスラン様は楽しそうに聞いてくれたのであった。

その後、アスラン様はだいぶ思うことがあったのか、気晴らしに料理がしたいと呟いた。

「シェリー。まぁ、今はお菓子を食べてお腹がいっぱいかもしれないが、何か食べたいものはあるかい？」

そう言われ、私はアスラン様と出会った日に食べたシチューのことを思い出した。

ゴロゴロと大きめの野菜が入ったシチュー。あの日のあの味が思い出されて、私のお腹はぐぅと盛大に鳴った。

「ふっ。すまない。可愛らしい音だな」

「ごめんなさい。ごめんなさい。ごめんなさいぃぃぃぃ……恥ずかしいですぅ」

両手で顔を覆って首を振りながら悶絶してしまう。

けれどアスラン様は楽しそうに笑うものだからいたたまれない。

「ははは。いや……なんて言ったらいいのか、こう、気を許してもらっているみたいで、なんだか……嬉しい」

「ぅぅぅぅ。あぁぁぁぁ。アスラン様と出会った日にいただいたシチューが食べたいなと思ったんです」

アスラン様はその言葉に笑みを深めると、頬杖をついてうなずいた。

「おおせのままに」

美丈夫が頬杖をつきながら、私に向かって放ったその一言は、私の胸に深く深く、射貫くように刺さった。

「ふわぁっあぁぁっ」

両手で顔を覆って首をブンブンと横に振ると、アスラン様は噴き出すように笑ったのであった。

それからキッチンへと移動したアスラン様は楽しそうにシチューを作ってくれた。

黒いエプロンをつけて、手際よく、鼻歌をちょっと歌いながら作っていく姿をぼーっと眺めながら、素敵なお嫁様だなんてことを考えていた。

いや、お婿さん？　いやいやいや。

料理ができて、優しくて、魔術がすごくて、専門知識がすごくて、採取したものの成分とか語り合えて、どこで採取できるかなど一緒に分布図を見て意見を言い合えたりできるとか……アスラン様はもてるだろうなぁ。

もてるだろうなぁ。

私でいいのかなぁ。

ぼうっと見つめながら考えて、私は立ち上がった。

「あ、アスラン様！　私もお料理お手伝いしたいです！」

「ん？」

手を止めてアスラン様が視線を向ける。そしてこちらにおいでというように手招きをしてくれる。

可愛い。

頭が恋愛脳すぎると思い、私は自分の頭を手でぺちぺちと叩いて気合を入れた。

控えていた執事のレイブンさんが私の為にエプロンを持ってきてくれた。

用意周到なレイブンさんに驚きながらも、桃色の花柄エプロンをつけるとアスラン様の横に並んだ。

「なんだか新婚みたいだな」

「ふえぇぇぇぇぇ」

アスラン様が私の心を読むようにそう言ったので、私は悲鳴を上げたのであった。

「ふふ。君は可愛いなぁ」

「あ、アスラン様の方が可愛いです！」

思わず私がそう声をあげると、レイブンさんが噴き出した。

そちらをアスラン様はすぐに睨みつけるけれど、その時にはレイブンさんは何事もなかったかのような素知らぬ顔をしている。

さすがは執事さんである。

「私は可愛くはない。これまでそのように言われたことはない」

「そう、でしょうか。だって、こう、困っているように眉間にしわを寄せたり、さっきのおいでおいでっていう仕草も可愛かったです」

「な……ふむ。いや、可愛いというのは君のように、こう大きな瞳をきょろきょろとさせて迷ったり、楽しそうに笑ったり、口元を膨らませたりするのが、可愛いと思うのだが」

「え!? そ、それで言ったら、アスラン様がシチューを食べる時とかにちょっと大きめの口で食べ物を入れて、もぐもぐってリスさんみたいに食べるのも可愛いですよ！」

「な!? そ、それならば、君がケーキやマフィンなど甘いものを食べる時に、瞳を輝かせて味わうように咀嚼する姿も可愛いぞ！」

私達は、お互いに顔を真っ赤に染め上げた。

そして、その後大きく深呼吸をする。

「やめよう。これは、決着がつかない」

「そうですね。今はシチュー作りです！」

私とアスラン様は噴き出すように笑い合い、一緒にシチュー作りに取り組んだのであった。

「シェリー……その、指を切らないでくれ」

「ひゃ、ひゃい」

ただ、私が戦力になったかと聞かれれば、むしろ足手まといになったのは間違いがないだろうと思う。

ただ、一緒に作ったシチューはとても美味しかった。


その日の夕方、私はアスラン様と共に城下町の祭りへと来ていた。

定期的に街を盛り上げる為に小さな祭りが開かれると聞いていたけれど、私は今までまだ一度も来ていなかったので、アスラン様が一緒に行ってみようと言ってくれたのだ。

髪にはアスラン様から買ってもらったヘアピンをつけて、侍女さん達におめかしを手伝ってもらった。

今日のワンピースは下町風であり、いつの間にかにクローゼットに増えていたものだ。

私は驚いたのだけれど、アスラン様がお出かけ用の洋服は数着あった方がいいだろうということで、急ぎで何着か作ってくれたのだという。

ただ後日、今度はちゃんと私の好みの洋服を買いに行こうと言われて、嬉しくてたまらなくなった。

階段を下りるとすでにアスラン様は準備をしており、私はアスラン様の元へと行く。

アスラン様は楽しそうに言った。

「行こうか」

「……はい」

手を差し出され、私はその手を取ると、つないで歩き始める。

久しぶりの二人きりでのお出かけに、心臓がうるさくなる。今日は屋敷から近いということなので、歩きで移動である。

なんだか二人きりでこうやって歩いていると、本物の恋人のようだ。

いや、本物の恋人なのだけれど。

太陽の日が落ち始め、街にランタンが灯される。

淡い橙色《だいだいいろ》の光で街が照らされていく。

いつも見ていた街とは少し違ったその雰囲気に、小さい頃両親に連れて行ってもらった祭りを思い出す。

甘い香りがした。

その瞬間、あの日の、街の匂いと風、そしてリンゴ飴の味が思い出される。

「リンゴ飴……」

活気づく屋台の中に、その店を見つけて私は足を止めた。

「君はリンゴ飴が好きなのか？　私も好きなんだ。ちょっと待っていてくれ」

「え？」

アスラン様は店の方へ向かうと、リンゴ飴を買って私の元へと戻ってきてくれた。

「あちらに座って食べようか」

指さされた方には、ベンチがあり、そこへと移動すると腰かけた。

目の前にあるつややかな赤いリンゴを見つめた。

久しぶりに持つそれは、幼い頃よりは小さく見えた。ただ、重さはあの時と同じようにずしりとしていて、食べ応えがありそうである。

周りの喧騒が、波のように引いていく。

「シェリー？」

「あ……いただきます」

久しぶりだ。

どんな味だっただろうかと思いながら、私はゆっくりと口を開け、リンゴ飴をかじった。

歯に当たって飴が砕け、それを口の中で咀嚼すると、甘さが口いっぱいに広がっていく。

リンゴをかじれば、しゃくしゃくとしていて、歯触りがいい。

「……美味しいです……とても……とても甘い」

私の言葉に、アスラン様はしばらくの間、黙る。そして私の横で、空を見上げながらリンゴ飴を食べ始めた。

風が吹き抜けていく。

懐かしい風だった。

幼い頃の、あの時のことが胸を過っていく。

瞼を閉じれば、風の心地よさを感じた。

匂いも、あの時と同じ。

「アスラン様」

「ん？　どうした」

「大好きです」

私がそう言うと、アスラン様は私の方へと優しい笑みを向けて歯を見せて笑った。

「あぁ。私もだ」

私達はそれから、リンゴ飴を食べ終わった後祭りを見て回った。

良い匂いのする屋台には二人共導かれるように足が向かってしまい、気がつけば両手いっぱいに買い物をしていた。

アスラン様は私が視線を向けるとすぐに欲しいと思っていると思うのか、お面やキラキラと光るおもちゃなんかも手渡してくれる。

小さな子どものような扱いだなと思いながらも、すごく嬉しくて楽しかった。

「こんなに祭りを楽しんだのは初めてです」

「実を言うと私もだ。今まで魔術ばかりの生活だったからな」

「そうなんですか？」

「あぁ、だから楽しくてつい買いすぎてしまった」

私は笑い、アスラン様に言った。

「皆に差し入れで持っていきましょうか？　まだ、仕事しているんじゃないでしょうか」

その言葉に、アスラン様がうなずいた。

「そうだな。仕事の時間に趣味に没頭することがあったから、今日の分の仕事が終わっていないかもしれないな。はぁ。仕事の時間には仕事をして、家に帰ってから趣味に打ちこめばいいものを。仕事の体系を変えるべきか悩むところだ」

ため息をつくアスラン様に私も苦笑を浮かべた。

「タイミング……なのでしょうねぇ。どうにも抑えられない衝動によって、仕事時間にということもあるようなので……難しいですね」

「あぁ。ひらめきというものは魔術には必要だからなぁ。それをやめさせると、その他の仕事にも支障が出そうでな。まぁ要検討だな」

「はい」

私達はそんな会話をしながら魔術塔へと帰ると、たくさんのお土産を手渡した。

アスラン様は両手に持っていた荷物を机の上に載せ、小さく息をついた。

「わぁ！　ありがとうございますー！」

「さすがシェリーちゃん！　アスラン様だけだったら絶対来てくれていない！　わぁーい！」

「ありがとう。うん。これは……串焼きぃ！　焼きそばぁ！　最高かぁ！」

三人も一緒になってその後はワイワイと話をする。

皆で一緒に過ごす今日という日がすごく楽しくて、私は幸せを感じた。こんなにも温かな日が私に来るなんて、以前までの私であれば想像もできなかった。

「ふふふ。ふふ。私……幸せです。本当に、信じられないくらいに」

そう言うと四人は驚いたように顔を見合わせたのちに、笑顔を向けてくれた。

そしてアスラン様は私の頭にぽんっと手を載せると言った。

「では、これからは毎日この日々を信じてもらえるように、一緒に過ごしていこう」

「そうですよぉ～たくさん一緒に楽しいことしましょう！」

「やったぁ！　シェリーちゃんが来てから楽しいことばっかりだなぁ」

「アスラン様は笑ってくれるようになって、この魔術塔の雰囲気もよくなったしなぁ～。ありがたい限りぃ」

私はその言葉に笑い、アスラン様は肩をすくめた。

「だがまぁ、少し気が緩んでいるようだから言うが、仕事の時間には仕事をし、できるだけ早く帰ってほしいというのが、私の思うところだな」

「う」

「ぐ」

「あぁー」

さっと三人は目を逸らし、アスラン様はため息をつく。

そんな様子に、私はまた笑ってしまった。

そして話を逸らすように三人は、屋台で買って来たものをどんどんと開いていきながら次々に口に運んでいく。

皆でワイワイと話をし、私は、この職場で働けてとても幸せだなぁなんてことを思ったのであった。

結局のところ、ヨーゼフ様は廃嫡、そして離島への流刑。

アイリーンは神殿の牢へ幽閉。その一生を神殿への奉仕で償う。ということでレーベ王国は決定したらしい。ただし、現段階でアイリーンは聖女の力を取り戻してはいないようで、場合によっては神殿ではない場所に移動するかもしれないとのことであった。

現在こまごまとした点についても聞き取り調査を行っているようで、またそれらの結果についてが教えてくれると聞いた。

レーベ王国側では現在神殿内部の汚職が進んでしまっていたようで、大きな変革の時になるだろうと言われている。

その日の晩、私は眠る前に師匠に手紙を書こうと便せんとペンを準備すると、笑みを浮かべた。

便せんは、手紙を書くならば必要だろうとアスラン様がくれたものであった。

花の香りのする便せんはうっすらと桃色がかっておりとても可愛らしい。

ペンも今まで私が使っていた安いものではなく、美しいガラス細工の魔術ペンをもらった。

消えろと思いながら指でこすると、間違えたところは消えるのだという。

私はそれを眺めながら、今日のことを思い出した。

屋台の灯りの美しさも、通りを歩く時の足音も、屋台の少し煙たい匂いや甘い匂い、人々の声。

それらが全て鮮明に思い出せる。

「楽しかったなぁ……」

まるで、幼い頃のようであった。

ただ無邪気に祭りを楽しめていたあの頃のようなその感覚に、私はゆっくりと息を吸ってから吐いて、そして口に指を当てて、思い返す。

「甘かったな……リンゴ飴。ふふふ。不思議ねぇ」

ヘアピンの時もそうだったけれど、アスラン様は私の悲しい思い出を塗り替えてくれる天才かもしれない。

以前までは、昔のことを思い出すと辛くて、悲しく思うことがあった。

リンゴ飴は、かつての自分の幸福な時期と辛い時期とを思い出させる象徴のようなもので、これまで見かける度に目を背けていたものであった。

けれど、今日は違った。

アスラン様の優しい笑顔と、リンゴ飴の香りと味をまざまざと思い出すことができる。

「ふふふ」

昔採取の帰り道、街で祭りをやっていることがあった。

その時、私がリンゴ飴を眺めていると、師匠がぼそっと呟いた。

『はぁ。仕方がない買ってやろう』

私はそう言われて、首を横に振った。

『美味しくないので、いらないです』

師匠は私がそう言うと、わざとらしく大きくため息をつく。

それからしばらくしてからまたぼそっと言った。

『いつか、美味いと言って、食べられる日が来る……生きてりゃあな』

そんな日が来るのだろうかと、その時の私は内心少し複雑な気持ちであった。しかも生きてりゃあと不穏なことを言われ、自分は生きているうちにそんな気持ちになることがあるのだろうかと、疑問に思ったのだ。

けれど、その通りだったなと、私は笑ってしまう。

一人で笑っておかしいなんてことを思いながら、私はペンを走らせる。

「師匠、私、リンゴ飴が美味しいってこと、やっと思い出せました」

キラキラと光る宝石のような光沢のあるリンゴ飴。噛めば楽しい。舐めれば甘い。

しゃりっとした食感と、案外丸まる一個ぺろりと食べられるという意外性。

アスラン様がこちらを見つめて微笑む姿を思い出す。

「楽しかったな。また、アスラン様と一緒にお出かけしたいな。あ、魔術についても、もっと勉強してみたいなぁ」

そんなことを呟きながら、私はウキウキとしながら手紙をしたためたのであった。

今まで、手紙と言えば何を採取したか、どのような手順で採取に向かったかなど書いていたというのに、読み返せばアスラン様とのデート日記のようになってしまっていた。

私はそれを見つめながら、首を傾げる。

「おかしい……まぁいっか」

師匠が顔をしかめながら手紙を読む姿を想像しながら私は封をした。

その時であった。

部屋をノックする音が聞こえたかと思うと、アスラン様の声がした。

「シェリー。夜眠る前に少し話をしないか？」

私は慌てて立ち上がると、鏡の前で自分の姿をチェックして、それから、肩かけを羽織った。

ナイトドレスは白色の可愛らしいワンピース型のもので、今までシャツとズボンで眠っていた私の為に侍女さん達が用意してくれたものだ。

このドレスであれば、夜羽織を着て、アスラン様とも過ごしやすいですよと勧められたことを私は思い出す。

「さっそく、その機会が訪れるなんて……侍女さん恐るべし」

私は笑顔でアスラン様を出迎えると、一緒に隣の応接室へと移動した。

ソファへと腰かけると、侍女さんがはちみつ入りの甘いホットミルクを用意してくれた。

甘いミルクとはちみつの香りが広がって、一口飲めば全身がほぐれるように癒される味わいだ。

「ほっとしますねぇ」

「あぁ。そうだな」

「ふふふ。アスラン様と初めて出会った日のことを思い出しました。あの日は、洞窟に精霊でもいるのかと思って、ちょっと驚いたんです」

「精霊？」

「はい。だってアスラン様とてもかっこよすぎて、こんな美丈夫が山の中にいるなんて思うわけないじゃないですか」

その言葉に、アスラン様は腕を組むと、首を傾げる。

「ふむ。どうなのだろうか。精霊というものを見たことがないので何とも言えないが」

私はその言葉に、ふふふっと笑みを浮かべると言った。

「私、見たことありますよ」

「な!?　本当か」

「はい。当時付けていた記録簿があるのでお見せしましょうか」

「それはぜひ」


実のところ、侍女さん達が、可愛らしいナイトドレスをシェリーお嬢様が今日から着ているんですと耳打ちをして、アスランがいつもよりも少し動きが早くなって、一緒に少し話をして過ごそうと声をかけたなど、シェリーは知らないのであった。

二人はソファに腰かけながら楽しそうに、今日採取した物や魔術具のことについて話をしている。

そんな二人は、普通の恋人同士のような甘い雰囲気はないものの、楽しそうなその姿に侍女さん達は微笑みを浮かべるのであった。

そして部屋に入り控えておく座を逃してしまった他の使用人達は部屋の外でそわそわとしていた。

「あぁぁぁ。中の様子が気になるわ」

「シェリーお嬢様とアスラン様、いつご結婚されるかしら」

「楽しみねぇ」

「お二人ならきっと素敵なご夫婦になられるわ」

「「「「間違いないわね！」」」」

「きっとお子様も可愛いわ」

「「「「間違いないわね！！！！」」」」

そんなうきうきとした話で廊下が盛り上がっていることになど、気がつくよしもない。

屋敷の中では、いつ二人は結婚するのだろうかという話題でもちきりである。

ちなみに、執事長のレイブンさんはといえば、いずれ二人の寝室を隣にした方がいいのではないかと考えているようで、その準備にも忙しくしているようであった。

「なるほど。さすがはアスラン様です。そんな風に考えたのは初めてです」

「ふむ。いや、シェリーの見解も面白いな。今度参考資料を調べてみよう」

「はい。ぜひそうしましょう」

そんなことなど露知らず、二人の採取と魔術に関する談義は夜遅くまで続くのであった。

おしまい

あとがき

このたびは、「聖女の姉ですが、妹のための特殊魔石や特殊薬草の採取をやめたら、隣国の魔術師様の元で幸せになりました！」を手に取っていただきありがとうございます。

作者のかのんと申します。犬っぽいキャラクターが飛び跳ねているイラストがトレードマークです。

さて本作は、採取者という特殊な職業に就く女性シェリーが主人公となっております。山でも川でも洞窟でも、必要なものがあればそれを取りに行く。この物語上での、普通の女性では絶対に難しいであろう採取者という仕事を選んだ主人公のシェリー。そんなシェリーはこれまでの人生を〝姉〟という肩書に縛られて生きてきました。これは全てにおいて自分よりも〝妹〟を優先してきたシェリーが、妹と離れることで自分の人生を歩み出す物語となっております。

ちなみに今回の物語の中に、シェリーが師匠から引き継いだポシェットを登場させております。このポシェットはとても優れたものです。ですが、魔法ではないのでポシェットには最初から特殊魔石や特殊薬草が入っていたわけではありません。中身は全て、シェリーが採取者として努力し手に入れてきたものです。辛くても苦しくても毎日一生懸命に努力をし、積み上げてきたものが危機を救う手立てとなるという役割を果たしております。

そんなシェリーがアスランと出会うことで人生が変わっていきます。

アスランは優秀な魔術師であり、シェリーの一生懸命な所や、表情がころころと変わる人間味あふれる姿に惹かれていきます。そんな二人の恋愛模様は、書きながら、どうか幸せになりますようにと願わずにはいられませんでした。シェリーは自分に自信がなく恋愛経験もないことで積極的ではないものの、初めての恋にどぎまぎとしている姿が大変可愛らしいです。

そしてそんな二人は一体どのようなイラストになるのだろうかとワクワクが止まりませんでした。

今回イラストは四季童子先生が描いてくださいました。四季先生のような素晴らしい方に描いていただけることになり、私は最初夢を見ているのではないかと思ったほどです。

私の頭の中にいたキャラクター達を、四季先生は見事に作り上げてくださり、感謝しかありません。シェリーは元気で潑溂としており、色気よりも実用性を重視した装備。そしてアスランの美丈夫なこと。美しい黒髪に赤い瞳、作者のドストライクでございます。

ＳＱＥＸノベル様、編集の皆様、四季童子先生、関係各所の皆様、この本を作り上げることが出来たのも皆様のおかげでございます。心より感謝申し上げます。

読者の皆様、手に取り読んでいただき本当にありがとうございます。またお会い出来る日を楽しみにしております。また、私に共感し、シェリーの可愛さやアスランの美丈夫さに心打たれた皆様は、どうぞお手紙をください。この時代、手紙というものは中々にいただく機会も少ないものではありますが、渾身のお手紙お待ちしております。熱い思いを一通でも読ませていただけたのなら、作家冥利に尽きるというものです。一通でも……一通でもよいです。心よりお待ちしております。

それでは、失礼いたします。

こんにちは、あるいははじめまして。
イラスト担当の四季童子です。

普段は割と男性向け小説を担当することが多いので、
女性向けに喜んでいただけるように美しい男性キャラを心がけて描きました。
いやあ、意外と描きなれてなくて苦労しました…。

そんな中で著者様のかのんさんと、担当さん、それにデザイナーさんには大変助けて
いただきました。
「ヨーゼフさま、萌える!」
「ふともも!」
などと謎の言葉が飛び交う、楽しい現場でございました。

あとがきに寄せて、担当さんと想像して笑っていた一幕を。
「魔術塔って、しょっちゅう爆発とか煙出してアスラン様に
イイ笑顔で怒られてそうですよねー」
「バツとして実験禁止されて泣いてそうですよねあの3人」

私としては、マスターと師匠がいい味を出していたので
絵にできなくて残念でした。
描けるようにぜひ続刊お願いします。なので買ってください。

それでは、皆様に楽しんでいただけたら嬉しいです。

悪役令嬢は
溺愛ルートに入りました!?

シリーズ累計20万部突破!

STORY
乙女ゲームの悪役令嬢に転生したルチアーナ。「生まれ変わったら、モテモテの人生がいいなぁ」なんて妄想していたけれど…。

決めた! 断罪イベントを避けるため、恋愛攻略対象は全員回避で、今世もおとなしく過ごします! なのに、待って。どうしてみんな寄ってくるの?

おまけに私が世界で一人だけの『世界樹《ユグドラシル》の魔法使い』!?

いえいえ、私は絶対にそんな貴重な存在ではありませんから! もちろん溺愛ルートなんてのも、ありませんからね——!?

いつの間にやら溺愛不可避!?
王国陸上魔術師団長
王太子
筆頭公爵家嫡子
公爵家三男
兄・侯爵家嫡子
大好評発売中♡
シリーズ続々重版!
SQEX ノベル
悪役令嬢は溺愛ルートに入りました!? ①～⑤
著◆十夜 イラスト◆宵マチ

SQUARE ENIX WEB MAGAZINE
ガンガンONLINE
オンライン
毎日更新
GC ONLINE 毎月12日発売
スライム倒して300年、知らないうちにレベルMAXになってました
原作：森田季節 漫画：シバユウスケ
月刊少女野崎くん
椿いづみ
合コンに行ったら女がいなかった話
蒼川なな
たとえばラストダンジョン前の村の少年が序盤の街で暮らすような物語
原作：サトウとシオ（GA文庫／SBクリエイティブ刊） 作画：臥待始
キャラクター原案：和狸ナオ
アサシン＆シンデレラ
夏野ゆぞ
わたしの幸せな結婚
原作：顎木あくみ（KADOKAWA刊） 漫画：高坂りと
同居人の佐野くんはただの有能な担当編集です
ウダノゾミ
私がモテないのはどう考えてもお前らが悪い！
谷川ニコ
最強WEB雑誌！
https://www.ganganonline.com/
●乙女ゲーム六周目、オートモードが切れました。
●経験済みなキミと、経験ゼロなオレが、お付き合いする話。
●落ちこぼれ国を出る ～実は世界で4人目の付与術師だった件について～
●家から逃げ出したい私が、うっかり憧れの大魔法使い様を買ってしまったら 他

月刊ビッグガンガン
BG
Monthly BIG
毎月25日発売
BG COMICS ビッグガンガン
毎月25日発売
シノハユ
原作：小林立
作画：五十嵐あぐり
薬屋のひとりごと
原作：日向夏
（ヒーロー文庫／主婦の友インフォス）
作画：ねこクラゲ　構成：七緒一綺
キャラクター原案：しのとうこ
ゴブリンスレイヤー
原作：蝸牛くも
（GA文庫／SBクリエイティブ刊）
作画：黒瀬浩介
キャラクター原案：神奈月昇
怜-Toki-
原案：小林立
漫画：めきめき
ハイスコアガールDASH
押切蓮介
咲-Saki-阿知賀編
episode of side-A
原作：小林立
作画：五十嵐あぐり
スーパーの裏でヤニ吸うふたり
地主
BADON
オノ・ナツメ
●SHIORI EXPERIENCE ジミなわたしとヘンなおじさん　●結婚指輪物語
●やはり俺の青春ラブコメはまちがっている。―妄言録《モノローグ》―　●男装のパルトナー
●父は英雄、母は精霊、娘の私は転生者。　●獄卒クラーケン　他

SQEXノベル

聖女の姉ですが、妹のための特殊魔石や特殊薬草の採取をやめたら、隣国の魔術師様の元で幸せになりました！

著者
かのん
イラストレーター
四季童子

2023年4月7日　初版発行

発行人
松浦克義
発行所
株式会社スクウェア・エニックス
〒160-8430
東京都新宿区新宿6-27-30　新宿イーストサイドスクエア
（お問い合わせ）スクウェア・エニックス　サポートセンター
https://sqex.to/PUB

印刷所
図書印刷株式会社
担当編集
長塚宏子
装幀
小沼早苗（Gibbon）

ISBN978-4-7575-8518-8 C0093
Printed in Japan